Norbert Lechleitner

Vom Lächeln des Lebens

Norbert Lechleitner

Vom Lächeln des Lebens

Weisheitsgeschichten für die Seele

Kaufmann Verlag

Bibliografische Information Der Deutschen Bibliothek

Die Deutsche Bibliothek verzeichnet diese Publikation in der Deutschen Nationalbibliografie; detaillierte bibliografische Daten sind im Internet über http://dnb.ddb.de abrufbar.

1. Auflage 2010

Umgschlagabbildung: © samaneh, fotolia.com
Druck und Bindung: Freiburger Graphische Betriebe, Freiburg
ISBN 978-3-7806-3102-2

Inhaltsverzeichnis

Ein Wort zuvor

Bereits seit dem 8. Jahrhundert etwa tragen die großen Kulturströme orientalisches und indisches Erzählgut auch aus vorbuddhistischer Zeit nach Europa. Sie vermischen sich hier mit den einfachen Erzählformen, die schon aus der Antike überliefert sind. Zudem hat jede Zeit und Gesellschaft aus elementaren Situationen ähnliche oder gar identische Sprachbilder gezeichnet. Das gilt besonders für Beobachtungen unkomplizierter psychischer Gegebenheiten. Faulheit, Dummheit, Geiz und viele andere menschliche Unzulänglichkeiten führen weltweit auch zu ähnlichen Geschichten. Einfache Erzählungen sind nicht nur Skizzen von Menschen und Natur. Wenn über abstrakte Themen wie Wahrheit, Liebe, Freiheit, Sinn, Erkenntnis, Gott und andere metaphysische Begriffe zu sprechen ist, die das Sein und den Sinn von Welt und Leben ergründen und mitteilen wollen, dann erhalten Geschichten eine nicht nur unterhaltende Aufgabe. Besonders in den Regionen und Zeiten, in denen Schriftkenntnis und Schriftverbreitung nicht jedermann zugänglich waren, haben Erzählungen in der mündlichen Überlieferung identitäts- und sinnstiftende Funktionen von höchst kulturfördernder Wirkung übernommen.

So sind Erzählungen Botschafter, die in sehr unterschiedlichen Gewändern vor uns treten. Gekleidet als Fabel, Parabel, Gleichnis, Märchen, Kalendergeschichte, Lehrgedicht oder Predigt bringen sie uns eine Nachricht, die uns eine ethische, moralische oder spirituelle Orientierung ermöglicht. Selbst die abstrakte Aussage des »Koan« genannten Lehrgesprächs im Zen-Buddhismus gehört dazu. Und nicht verachten dürfen wir die als Witz oder Schnurre getarnte Botschaft, denn nicht umsonst war es dem Hofnarr vergönnt, dem Herrscher die unbeliebte Wahrheit zu sagen. Alle diese Geschichten sind recht kurzweilig. Aber das Unterhaltsame ist nur das »Reittier«, das die Botschaft befördert. In allen den hier niedergeschriebenen Erzählungen steckt Weisheit, uraltes Menschheitswissen von Leben und Welterkenntnis, in neuer Form erzählt. Ob die Geschichte zum eigenen Vergnügen und Nachdenken gelesen wird, ob sie als Auslöser weitererführender Diskussion dient, als Impuls für eine Predigt oder Unterweisung, als »neutraler Dritter« in der psychotherapeutischen Hilfe – immer möge sie den Lesenden und den Hörenden ein Lächeln schenken.

Norbert Lechleitner

I. Um wen sich alles dreht

In ständiger Besorgnis

Ein junger Vater saß auf der Bank beim Spielplatz und murmelte vor sich hin. Mit einer Hand am Bügel des Kindersportwagens schaukelte er ein wenig sein greinendes Söhnchen, das darin saß und unaufhörlich weinte.

Eine junge Frau setzte sich ans andere Ende der Bank. Sie hörte den Mann leise sagen: »Beruhige dich, Ulrich. Nicht aufregen, Ulrich. Ganz cool bleiben, Ulrich. Auch das geht vorbei, Ulrich. Es ist alles in Ordnung, Ulrich. Es wird alles gut werden, Ulrich ...«

Die junge Frau wandte sich zum Vater und sagte: »Ich finde es ganz toll, dass Sie wissen, wie man mit einem verstörten Kind spricht, so freundlich und behutsam.«

Sie stand auf, beugte sich über den Kinderwagen und säuselte betulich: »Wo tut's denn weh, kleiner Ulrich?«

Neben ihr sagte die Männerstimme: »Oh, nein – das ist Lukas. Ich bin Ulrich.«

Gruppentherapie

Oft kamen Menschen von weit her, um beim Meister Rat, Trost und Hilfe in schwierigen Lebenssituationen zu suchen. An diesem Morgen hatte sich eine kleine Gruppe vor seiner Klause versammelt und wartete darauf, dass der Meister den ersten Besucher zu sich rief.

Einer der Ratsucher behauptete, sein Problem sei das Größte und darum müsse er unbedingt als Erster beim Meister vorsprechen dürfen. Nein, nein, protestierten die anderen Besucher, und jeder behauptete lautstark, seine Sache sei viel wichtiger. Mitten in diesem lärmenden Disput war unbemerkt der Meister herausgetreten, und er klatschte zweimal laut in die Hände.

»Beruhigt euch bitte«, rief der Meister, »kommt alle herein und setzt euch in einen Kreis.«

Ein wenig beschämt folgten sie seiner Anweisung.

»Gut. Wenn jeder seinen Platz gefunden hat, dann schreibe jetzt jeder auf das vor ihm liegende Blatt sein größtes Problem auf. Dann falte er den Zettel zusammen und lege ihn in die Schale, die ich in eure Mitte stelle.«

Als alle Ratsucher ihren Zettel abgegeben hatten, vermischte der Meister die Zettel und sagte: »Ich gebe

euch jetzt die Schale und ihr lasst sie reihum gehen. Jeder nimmt einen Zettel heraus und liest, was darauf geschrieben steht. Ist das Problem weniger schlimm als das eigene, dann soll er sich dessen annehmen. Ist das Problem aber größer als das eigene, dann lege er den Zettel zurück in die Schale.«
So lasen nun die Besucher die Sorgen der anderen, und sie alle erschraken sehr über die Schwierigkeiten, die andere quälten. Und jeder dachte bei sich, dass er lieber bei seinem Problem bleiben wolle, als sich mit einem anderen schlimmen zu belasten.
»Habt ihr nun nachgedacht und entschieden?«, fragte der Meister.
Die Besucher nickten. Und weil sie meinten, dass die eigenen Sorgen längst nicht so groß seien wie die der anderen und sich keiner neuen Ärger aufbürden wollten, sagten sie: »Wir haben gedacht, nur uns ginge es schlecht, nur wir seien unglücklich und hätten große Probleme. Nun aber erkennen wir, dass jeder andere noch schlechter dran ist als wir selber.«

Rasch legten sie die Zettel in die Schale zurück, verneigten sich vor dem Meister und eilten, glücklich lächelnd bei den eigenen Sorgen bleiben zu dürfen, zum Tor hinaus.

Schlechte Verhältnisse

Ein Fabrikbesitzer bat den Meister um seinen Segen. Der Meister sah den Mann genau an, seine tiefliegenden Augen, hohlen Wangen, seinen mageren Körper im alten Anzug und die ausgetretenen Schuhe an seinen Füßen.

»Geht es deiner Firma schlecht?«, fragte der Meister.

»Nicht im Geringsten«, brüstete sich der Besucher. »Dank eiserner Kostenreduzierung haben wir im letzten Jahr elf Prozent Gewinnsteigerung erzielt.«

»Geht es dir selber schlecht? Du siehst nicht sehr gesund aus.«

»Ich arbeite ja auch Tag und Nacht. Da komme ich gar nicht zu üppigen Mahlzeiten.«

»Was wird dir denn in der Regel zum Frühstück, Mittagstisch und Abendessen serviert?«, wollte der Meister wissen.

»Wieso serviert?«, wunderte sich der Unternehmer, »ich begnüge mich mit Brot und Salz, vielleicht einem Stückchen Käse und einem Glas Wasser.«

»Das kann aber so nicht weitergehen, mein Lieber«, insistierte der Meister. »Wenn du ein gottgefälliges Leben führen willst, dann solltest du seine guten Gaben nicht verschmähen. Du sollst Braten, Fisch und Gemüse essen und guten Wein trinken, wie es einem

Reichen geziemt. Auch die kleinen Köstlichkeiten, die zu den gelegentlichen Gaumenfreuden zählen, sollst du nicht verschmähen!«

Und er setzte dem Fabrikanten noch lange zu, bis der ihm schließlich versprach, künftig vollwertige Mahlzeiten zu sich zu nehmen.

Als der Farbrikbesitzer sich verabschiedet hatte, wollten die Schüler wissen, warum der Meister ihn so traktiert habe. Es sei doch ganz gut, wenn ein Reicher nicht verschwenderisch, sondern fast asketisch lebe.

»Einerseits habt ihr recht in Bezug auf das, was der Mann für sich tut«, billigte der Meister ihnen zu. »Andererseits ist es viel wichtiger, wie sich sein Denken und Verhalten auf seine zahlreichen Arbeiter auswirkt. Wenn der Fabrikbesitzer ein standesgemäß angenehmes Leben führt, gutes Essen und guten Wein zu sich nimmt, dann kann er auch verstehen, dass seine Arbeiter wenigstens Brot und Salz zum Leben brauchen. Wenn er selber aber mit Brot und Salz und armseligen Bedingungen auskommt, dann glaubt er, dass seine Arbeiter Steine essen und Tränen trinken sollten.«

Viel investiert

Ein Finanzjongleur hatte in der großen Bankenkrise seinen Besitz und sein gesamtes Geld verloren. Beim Meister hoffte er nun, Trost und Rat zu finden. Und der Meister erzählte ihm folgende Geschichte:
»Ein Mann hatte ein großes Haus. In dem Haus war ein sehr großer offener Kamin. So sehr der Mann auch Holz herbeischleppte und das Kaminfeuer damit fütterte, wurde es ihm in dem großen kalten Haus doch nie richtig warm. Er fasste den Beschluss, seinem gefräßigen Feuer einmal genügend Nahrung zu geben. Erst fällte er alle Bäume im Park, der das große Haus umgab, zersägte die Stämme und spaltete das Holz. Die Scheite schichtete er in dem kalten Kamin auf und es war immer noch Platz für noch mehr Holz.
Der Mann fällte weitere Bäume in seinem Wald, zerkleinerte und schichtete das Holz, bis nach gut einem Jahr Arbeit der offene Kamin randvoll mit Unmengen Holz gefüllt war. Dann zündete er in der untersten Reihe ein Scheit an und freute sich darauf, dass er es jetzt für lange Zeit richtig warm haben werde.
Das Feuer loderte auf, fraß sich rasch weiter und entwickelte so große Gewalt, dass nach einem Tag und einer Nacht alles Holz verbrannt war. Da verfluchte der Mann das Feuer, das ihm in kurzer Zeit fast sei-

nen gesamten Baumbesitz und die Arbeit eines ganzen Jahres aufgezehrt hatte und gleich wieder nach mehr verlangte, wenn er nur ein kleines bisschen Wärme haben wollte.«

Katzenauge

Ein König hatte bei einem Waffengang ein Auge verloren. Er konnte sich nicht daran gewöhnen, zukünftig nur noch mit einem Auge zu sehen. So ließ er überall verkünden, wer ihm helfen könne, die Welt wieder mit beiden Augen wahrzunehmen, den wolle er von aller gegenwärtigen und zukünftigen Not befreien.

Von den namhaften Ärzten der Zeit traute sich keiner, die gefährliche Operation auszuführen. Nach einiger Zeit meldete sich ein armer Landarzt und sprach: »Wenn du, mein König, die Not von meiner Familie nehmen willst, so will ich dich mit einem neuen Auge nach deinem Wunsche sehend machen.«

Der König versprach, seinen Teil des Vertrages zu halten. Da bat ihn der Arzt: »Suche dir von allen Tieren dasjenige aus, mit dessen Auge du zukünftig zu sehen wünscht.«

»Darüber muss ich nicht lange nachdenken, mein lieber Chirurgius«, erwiderte der König, »mein neues Auge soll ein Katzenauge sein.«

Allen Bediensteten wurde befohlen, jede Katze, die sie ergreifen konnten, in den Thronsaal zu bringen. Alsbald war dort die größte Anzahl von Katzen versammelt, die man je gesehen hatte. Der König schaute mit seinem gesunden Auge zahlreiche an, bis er endlich die Katze gefunden hatte, deren Augen ihm gefielen.

Nun führte der Landarzt sein Handwerk mit solcher Meisterschaft aus, dass der König bald wieder mit zwei Augen sehen konnte. Mit dem neuen Auge konnte er sogar bei Dunkelheit so gut sehen wie im Hellen und so freute sich der König sehr. Er belohnte den Arzt wie er es versprochen hatte, rühmte seine Kunst über alle Maßen und entließ ihn aus seinen Diensten.

Ein paar Tage waren vergangen, da stellte der König fest, dass er Mäuse sah. Saß er am Schreibtisch, bemerkte er Mäuse durchs Zimmer huschen und in der Täfelung verschwinden. Aß er im Speisesaal zu Mittag, sah er Mäuse zwischen den Stühlen hin und her rennen. Was sonst im Blickwinkel seines neuen Auges war, das nahm er gar nicht wahr. Das neue Auge hielt nur Ausschau nach Mäusen. Wer immer vor den König trat, und war er noch so hochgestellt und angesehen – dieses Auge achtete seiner nicht. Kein Wunder, dass sich jede Person vom König unfreundlich empfangen fühlte.

Der Unmut der hohen Herren wuchs stetig und weil sie sich das sonderbare Verhalten des Königs, über das am Hofe längst getuschelt wurde, nicht erklären konnten, sprach einer seiner Vertrauten: »Wie kann

das sein, mein König, dass du deine treuen Gefährten nicht mehr grüßt?«
Da gestand der König seine Schmach. »Mit dem neuen Auge kann ich nichts anderes erblicken als Mäuse. Es folgt unwiderstehlich seiner Art und achtet die Menschen und Dinge nicht. Es war wohl anmaßend zu glauben, sich über die Natur hinwegsetzen zu können, nur weil es machbar schien. Es ist von Unheil, das ich mir ein Auge einsetzen ließ, das nur Mäuse sehen kann.«

Großes Verlangen

Herrlich und in Freuden lebte ein Äffchen in seinem Wald. Köstliche Früchte gab es in Fülle und klares Wasser löschte seinen Durst. Jeden Tag schwang er sich durch das leuchtend grüne Blätterdach der Bäume, naschte eine Mango oder eine Papaya und hielt anschließend ein Schläfchen.
Eines Tages lag das Äffchen faul in eine Astgabel und erwachte gerade aus seinem Mittagsschlaf. Es blinzelte noch mit den Augen, als ihm ein seltsames Blinken auffiel. Neugierig richtete sich das Äffchen auf. Vorsichtig näherte es sich dem blinkenden Ding, das in der Sonne leuchtete. Fast wie eine Kugel aus goldenen Stäben geformt, hing das Ding von einem Ast. Auf dem Boden im Inneren der Kugel lag eine Banane; eine so wunderschöne Banane, wie das Äffchen noch nie eine gesehen hatte. Wie köstlich würde ihm diese Banane wohl schmecken?
Doch die Gitterstäbe standen zu eng, als dass das Äffchen einfach hätte hindurchgreifen können. Dem Äffchen lief das Wasser im Munde zusammen, immer größer wurde sein Begehren. Es rüttelte am Gitter, sprang von allen Seiten auf die goldene Kugel und rackerte sich den ganzen Tag lang ab. Die herrliche Banane, nur knapp von ihm entfernt, blieb ihm uner-

reichbar. Tagelang versuchte das Äffchen alle Tricks, um seine Begierde endlich stillen zu können – bis es, die Banane vor Augen, im Wald der vielen Früchte verhungerte.

Nie ist es recht

Ein Mönch war von unruhigem Gemüt. Eine kurze Zeit lang schien er sehr behäbig zu sein, dann wieder war er voller Eifer und Unrast. Schien er heute aufgeräumt und guter Dinge zu sein, so sah man ihn wenig später Trübsal blasen. Verstand er sich heute mit den jüngeren Mitbrüdern gut und zog sich von den Älteren zurück, so konnte es am nächsten Tag auch umgekehrt sein.

Immerhin war es dem Mönch bewusst geworden, dass er es seinen Mitbrüdern nicht einfach machte, mit ihm zusammenzuleben. Eines Morgens fasste er einen Entschluss. Er ersuchte um ein Gespräch mit seinem Abt. Ihn bat er, die Klostermauern verlassen zu dürfen, um sich draußen im Wald eine Einsiedelei einzurichten, in der er meditieren und zur Ruhe kommen wollte.

Der Abt unterstützte den Mönch in seinem Begehren. So verließ der Mönch das Kloster und baute sich im Wald eine einfache Hütte. Hier lebte er nun, aß Beeren und Brot, trank Wasser vom Bach, las sein Brevier und schlief auf hartem Lager. Hier gab es niemanden, der ihn ablenkte, keiner, der etwas von ihm wollte; hier gab es nur den Sonnenaufgang und den Sonnenuntergang, das Bedürfnis, etwas zu essen oder sich

schlafen zu legen. Hier gab es nichts zu vergleichen, kein Verhalten anderer zu interpretieren, kein Neid und keine Unrast.
Zu den wenigen Dingen, die der Mönch in seine neue Klause mitgebracht hatte, gehörte ein Wasserkrug. Den stellte er in eine Ecke. Als er den Krug dort stehen sah, überkamen ihn Zweifel, ob er dort wohl gut stehe. Die andere Ecke ist sicher besser geeignet, dachte er sich, und trug den Krug dorthin. Am nächsten Tag befand er den Platz als unpraktisch, und er stellte den Krug wieder in eine andere Ecke. Irgendwann fiel ihm auf, dass der Krug bereits alle Ecken durchwandert hatte, und der Kreislauf wohl immer so weitergehen würde, falls er sich nicht endlich für einen dauerhaften Platz entschied. Da nahm er den Krug und stellte ihn in die Mitte der Hütte.
Es kam, wie es kommen musste. Eines Nachts stolperte der Mönch über den Krug und fiel auf die Nase. Wütend über sein Missgeschick schleuderte er den Krug an die Wand und der zersprang in tausend Scherben.
Und es war, als hätten der Aufruhr und der Krach in dem Mönch zugleich eine innere Wand zerbrochen. »Was bin ich doch für ein Tor«, dachte er bei sich, »dass es mir sogar unmöglich ist, in Frieden mit einem alten, tönernen Wasserkrug zusammenzuleben. Wie erst mag es meinen Brüdern mit mir ergangen

sein? Der alte Krug lehrt mich, dass alle Unrast in mir selber liegt und nur ich allein sie bezähmen kann.« Mit dieser Erkenntnis kehrte er zurück in die Gemeinschaft seines Klosters und nie mehr verließ ihn der Wille, beständig an sich zu arbeiten.

Wohin man sich wendet

Ein König wollte den Meister ein wenig provozieren. Er fragte ihn: »So zurückgezogen wie du lebst: Kennst du jemanden, der sich noch mehr von der Welt abgewandt hat als du?«
»Ja, ich kenne einen solchen Menschen«, entgegnete der Meister. »Du selber bist es.«
»Was willst du damit sagen«, entrüstete sich der König, der doch auf seine Macht, sein großes Reich, seine vielen Untertanen so stolz war.
»Ich will dir zu verstehen geben, dass du dich viel weiter vom Leben entfernt hast als ich. Meine Zurückgezogenheit ermöglicht es mir, am Leben teilzunehmen, zu sehen und zu hören, was geschieht, ohne mich selbst in das Geschehen verwickeln zu lassen. Du aber hast dich gleich zweifach abgekehrt: von der Welt und vom Höchsten. Vom alltäglichen Leben weißt du nur, was deine Höflinge dir berichten wollen. Vom Höchsten und Ewigen hast du dich abgekehrt, weil du dich selber für groß hältst. Buddha sagte: Macht über sich selbst ist bedeutender als tausend Jahre Herrschaft über andere.«

Mitten im Leben

Nur der Gewinn zählt. Also musste er Tag für Tag hochkonzentriert Mittel und Wege finden, um an der Börse Gewinn zu machen. An seinem Arbeitsplatz flimmerten auf vier Bildschirmen gleichzeitig die Zahlen der verschieden Börsenplätze der Welt in unendlichen Kolonnen. Ständig klingelte das Telefon. Absolute Präsenz, blitzschnelle Entscheidungen waren in jeder Minute nötig; vernetzt mit der ganzen Welt, war sein Gehirn eine kleine Schaltstelle, welche die Finanzströme rund um den Globus lenkte. Adrenalin pulste wie Elektrizität in seinen Adern.
Als die Finanzmärkte zusammenbrachen, war es ihm, als hätte jemand den Stecker aus seinem Leben gezogen. Er hatte seinen Arbeitsplatz und sehr viel Geld verloren. Das, was er für den großartigen Sinn seines Lebens gehalten hatte, sehr rasch sehr viel Geld zu gewinnen, war wie eine Seifenblase geplatzt.
Irgendwann war er in der Lage, sich aus der tiefen Niedergeschlagenheit zu befreien, in die er gestürzt war. Er sagte sich, wenn er sein Glück auf dieser Seite des Lebens nicht hatte finden können, dann würde er es vielleicht auf der entgegengesetzten Seite finden.
Von einem weisen Einsiedler hatte ihm jemand berichtet, der in einem abgeschiedenen Tal des Hima-

laya hause und über den Sinn des Lebens meditiere; der könne ihm sicher den richtigen Weg weisen. Der junge Mann raffte sein letztes Geld zusammen, flog nach Tibet und suchte den verborgenen Weisen.
Monatelang war er unterwegs, fragte in jedem Dorf, scheute keine Anstrengung und drang in immer entlegenere Gebiete vor. Seit Tagen war er niemandem mehr begegnet, sein Proviant war fast aufgebraucht. Kaum denkbar, dass in dieser grenzenlosen Einöde ein Mensch leben mochte. Aber beharrlich folgte er dem letzten Hinweis.
Erschöpft und von den Strapazen gezeichnet fand der Europäer schließlich den Weisen auf einem hohen Berge in seiner höhlenähnlichen Einsiedelei.
Nachdem er sich etwas erholt hatte, fragte der junge Mann den Einsiedler: »Sag mir, ist es nicht schier unerträglich in solcher Einsamkeit zu leben – so unendlich weit weg von allem?«
Erstaunt sah ihn der Weise an. »Weit weg? – Wovon?«

Kein Ruhekissen

Seit langem schlafe er schlecht, habe schwere Träume und wache in jeder Nacht mehrmals auf, er sei schon ganz schwach und halb krank, erklärte der Besucher dem Meister, von dem er sich guten Rat erhoffte.
Welche Sorge ihn denn bedrücke, fragte der Meister.
»Sorgen habe ich keine besonderen. Eigentlich ist alles ganz normal. Es ist nichts Schlimmes passiert und ich sehe auch nicht, dass irgendwelche Gefahren auf mich zukommen«, erwiderte der Mann.
Der Meister dachte nach. Dann fragte er: »Und hast du auch ein ruhiges Gewissen?«
»Warum sollte ich kein gutes Gewissen haben? Ich habe mir nichts zu Schulden kommen lassen. Mein Gewissen ist absolut ruhig.«
»Nun, ich bin davon überzeugt, genau hierin liegt die Ursache deines Problems«, erklärte der Meister. »Du leidest an der Einbildung, ein ruhiges Gewissen zu haben. Du musst lernen, dass es nicht die Aufgabe des Gewissens ist, ruhig zu sein. Wenn du dein Leiden überwinden willst, dann lasse dein Gewissen seine Pflicht tun. Dein Gewissen ist deine innere Stimme. Lasse sie nicht verstummen, sondern hilf ihr, dich auf dem Pfad zur Vollkommenheit zu führen.«

Ein kleiner Schritt

Von fern her war ein junger Mann zum Meister gereist und studierte nun schon seit Langem unter seiner Anleitung.
Eines Tages sagte der Schüler: »Meister, ich meditiere nun schon seit drei Jahren bei dir. Ich bin von weit her gekommen, um hier Erleuchtung zu finden. Noch immer habe ich sie nicht erlangt. Was muss ich tun?«
»Um Erleuchtung zu erlangen, hättest du dir die weite Reise sparen können«, antwortete der Meister. »Entferne dich nur einen Schritt von dir selbst, und du gelangst ans Ziel.«

II. Und willst du nicht mein Bruder sein …

Pfeile oder Blumen

Eines Tages erklärte der Meister seinen Schülern die Macht der Worte. Von nichts seien Menschen so abhängig, wie von Worten. Obgleich sie von Worten allein nicht leben können, bestimmen sie doch weitgehend die Art, wie wir leben.

»Worte an sich sind ohne Bedeutung, nur gegebene Namen. Wie jedoch die Worte benutzt werden, ob sie einschläfernd oder aufpeitschend, freundlich oder schroff und brüskierend gesagt werden, das hat enorme Wirkung auf das Verhalten der Menschen.

»Aber das ist doch gar nicht so«, widersprach ein Schüler. »Wir sind doch alle besonnene und gelassene Menschen, die sich von Worten nicht manipulieren lassen.«

»Du verdammter Nichtsnutz wagst es, deinen ungewaschenen Mund aufzutun. Bezichtigst du mich etwa der Lüge? Für deine Unverschämtheit sollte ich dich gleich rausschmeißen!«, brüllte der Meister; die Schüler zogen die Köpfe ein und wagten es nicht, sich zu rühren.

»Ich hab' doch gar nichts getan!«, schrie der Schüler zurück und sprang auf. »Wie kannst du dich als unser Meister und Lehrer nur so schändlich verhalten?«

»Ich bitte demütig um Verzeihung!«, sagte leise der

Meister und senkte den Kopf. »Ich wollte dich nicht verletzen. Ich war unbeherrscht und die Worte sind mir so herausgerutscht. Ich bitte vielmals um Vergebung.«
Bei diesen Worten beruhigte sich der Schüler und er setzte sich wieder hin.
»Habt ihr nun verstanden, was Worte bewirken?«, fragte der Meister. Wenige Worte im Zorn gesprochen, haben einen Menschen verletzt. Einige Worte freundlich gesprochen, haben einen Menschen besänftigt. Wenige Worte bedeuten Wut oder Seelenfrieden, nicht nur für den Einzelnen, auch für die Menge. So kann Krieg entstehen oder Frieden. Der Macht der Worte kann sich niemand entziehen. Bedenke also jeder seine Worte, bevor er spricht. Denn das gesprochene Wort und den abgeschossenen Pfeil kannst du nicht zurückholen. Deine Worte können wie Waffen oder wie Blumen sein.«

Die Freude der anderen

Mit sorgenvoller Miene kam ein Mönch zum Meister und klagte: »Die Mönche aus unserem Nachbarkloster bedrängen uns unaufhörlich und beschuldigen uns, dass wir die heiligen Vorschriften, Gesetze und Riten nicht einhalten würden. Sie behaupten sogar, dass wir die Sitten und Traditionen unserer Vorväter im Glauben missachten würden. Wir wissen nicht, aus welchem Grund sie so über uns denken. Wir müssen uns diesen Vorwürfen endlich stellen.«

»Eure klösterlichen Nachbarn«, sagte der Meister, »handeln gewiss so aus frommem Eifer. Sie sind davon überzeugt, ein gutes Werk zu vollbringen, wenn sie es erreichen können, euch auf den rechten Pfad zurückzuführen, den ihr gar nicht verlassen habt. Sie haben heilige Freude an ihrem Eifer. So fragt euch in euren guten Überzeugungen: Wie dürftet ihr sie um ihre Freude bringen?«

Beste Voraussetzungen

Das alte Ehepaar kannte der Meister seit vielen Jahren. Obwohl die beiden äußerlich nicht gut zueinander zu passen schienen, waren sie doch seit mehr als dreißig Jahren miteinander verheiratet, und nie hatte jemand von Streit oder gar Zerwürfnissen zwischen den beiden gehört. Dabei war der Gatte nicht gerade als ein attraktiver Mann anzusehen, dafür war er doch ein wenig zu mickerig, welchen Eindruck seine Glatze noch verstärkte. Sie dagegen war trotz der drei Kinder, die sie geboren und großgezogen hatte, eine anziehende Frau geblieben mit wohlproportionierter Gestalt, ihrem schönem Mund, ihren großen dunklen Augen und dem dichten welligen Haar. Die beiden kamen oft zu den Gesprächsgruppen, die sich beim Meister zur geistigen Vertiefung einfanden, der Meister war auch gerne Gast im Hause der beiden.
So auch an diesem Tag, als der Meister in den angenehmen Minuten nach einem schmackhaften Essen bemerkte, wie der Hausherr seine Gattin verliebt ansah, und sie, das Kompliment seiner Augen bemerkend, ihm zulächelte.
»Freut euch, ihr beiden, ihr werdet auch zusammen im Paradiese weilen«, prophezeite gut gelaunt der Meister.

»Ein schöner Gedanke«, sagte der Hausherr, »aber woher willst du das wissen?«
»Du kommst ins Paradies, weil du eine Frau wie sie bekommen hast und dafür dankbar bist. Sie kommt ins Paradies, weil sie einen Mann wie dich genommen hat und dich in liebevoller Geduld erträgt. Die Dankbaren und die Geduldigen werden ins Paradies einkehren«, lachte der Meister.

Eine einzige Ausnahme

Der Meister hatte einen Mönch aufgenommen, der an Typhus erkrankt war und dessen Leben zu Ende ging. Eines Nachts drangen Diebe in das Haus des Meisters ein und packten ein, was sie fanden. Der Meister hatte die Eindringlinge bemerkt. Er stellte sich schlafend, denn er wollte die Diebe nicht beschämen, die, so schien es ihm, die wenigen Sachen, die er besaß, dringender brauchten als er.
Aus seinen halb geschlossenen Augen bemerkte er, dass sie sogar die Wasserflasche und den Becher des Typhuskranken einsteckten. Nicht, dass er ihnen diese Dinge nicht auch gegönnt hätte, doch jetzt bekam er Angst. Die Gefahr, dass sich die Diebe mit Typhus anstecken könnten, schien im zu groß.
Der Meister sprang auf und eilte den Dieben hinterher.
»Gute Leute, Brüder«, rief er, »alles, was ihr euch genommen habt, soll euch gehören. Aber, wenn euch euer Leben lieb ist, trinkt nicht aus der Flasche oder aus dem Becher, es könnte eueren Tod bedeuten.«

Loslassen können

Zwei Stunden nach Mitternacht erwachte der Meister. Ein ungewohntes Geräusch hatte ihn geweckt. Angestrengt lauschte er. Dann war er sich sicher: Es waren Diebe im Haus. Was erhofften sie sich denn hier bei ihm stehlen zu können? Seine Schreibsachen? Den Tisch oder den Schrank? Er nannte doch kaum etwas sein eigen.

Er streckte sich und rief aus vollem Hals: »Das ist alles herrenloses Gut. Alles herrenloses Gut. Ich erkläre alle Dinge zum herrenlosen Gut! Alles Sachen, die niemandem gehören!«

Die Diebe waren längst verschwunden, als die Schüler herbeigelaufen kamen und wissen wollten, was das Geschrei zu bedeuten habe.

»Es waren Diebe im Haus«, erklärte der Meister. »Da erklärte ich alle Dinge zu herrenlosem Gut, um zu vermeiden, dass sie sich der schweren Sünde des Diebstahls schuldig machten.«

Die Kraft des Steines

Nach vielen Jahren glücklicher Regentschaft, in der sich das Wohlergehen des Volkes gemehrt hatte, war der alte König gestorben. Das Volk trauerte, denn er war ein gütiger und gerechter Herrscher gewesen und zweifelte zugleich, ob sein Sohn, der junge Herrscher, die Zeit des Wohlstands würde fortsetzen können. In der Tat waren die Sorgen sehr berechtigt. Denn der Sohn war in jungen Jahren von Schmeichlern und eitlen Höflingen beeinflusst worden, die seine Unerfahrenheit zu ihrem Vorteil auszunutzen pflegten. Dem jungen König fehlte es an Gespür für die Belange des Volkes, an Einsicht und Reife ohnehin. Doch wegen der Tugenden des Vaters war das Volk zur Gefolgschaft bereit und gehorsam in allen Belangen der Regierung und Verwaltung.

Nach einiger Zeit wurde deutlich, dass den Bürgern ihr guter Wille nicht gedankt wurde. Der neue König verlangte Untertänigkeit, war aber selber nicht freundlich. Er grüßte niemanden, erwartete dafür aber Zeichen der Huldigung. Er half den in Bedrängnis Geratenen nicht und verhängte bereits für Geringfügigkeiten drakonische Strafen. So veränderte sich die Stimmung im Lande rasch. Unmut und Unwillen machten sich breit. Den jungen König achtete

niemand mehr und jeder drehte sich zur Seite, um ihn nicht grüßen zu müssen. Das ärgerte ihn außerordentlich, sein Zorn war groß, änderte aber das Verhalten der Menschen nicht.
Als der junge König es sich endlich eingestehen musste, auf diesem Weg nichts Gutes für sich und sein Land erreichen zu können, ließ er den alten Ratgeber seines Vaters zu sich kommen. Das fiel ihm gar nicht leicht, da er der Überzeugung gewesen war, des Alten nicht zu bedürfen, weil schließlich unter seiner Regentschaft alles hätte moderner und besser werden sollen. Doch nun wollte er von dem alten Manne wissen, warum die Leute keine Achtung vor ihm hätten, ja warum er solche Abneigung erleben müsse.
Da sprach der weise Mann: »Herr, ich kann Euch sehr wohl sagen, warum Euer Vater verehrt wurde und warum Ihr so wenig geschätzt werdet. Euer Vater besaß einen kostbaren Stein. Den trug er, wohin er auch ging, an seinem Hute. Sobald das Licht auf diesen herrlichen Stein fiel, mussten alle Leute Eurem Vater die Ehre erweisen. Euer Vater liebte den Stein sehr, denn er brachte ihm mancherlei Zuneigung und Glück. Wenn auch Ihr Euch entschließen könntet, Euch dieses Steines zu bedienen, würde Euch mancher Vorteil daraus entstehen. Heftet den Stein an Euren Hut, und man wird wohlwollend und entgegenkommend Euch gegenüber sein. Er macht Euch

glücklich und den Menschen angenehm. Ich will Euch den Stein geben, wenn Ihr ihn tragen wollt.«
»Ja, gib mir den Stein«, sprach der junge König. »Ich will seine Wirkung erproben. Wenn er einlöst, was du behauptest, dann werde ich ihn immerzu tragen.«
Der kluge Ratgeber ließ daraufhin bei einem Goldschmied einen prächtigen Edelstein in Gold fassen und aufs Schönste an der Stirnseite eines feinen Hutes befestigen, wie es ihm für die königliche Kopfbedeckung würdig erschien.
»Nun sehet selbst, mein König, ob ich die Wahrheit gesprochen habe. Wer diesen Stein erblickt, wenn ihr ihn tragt, wird Euch Ehre erweisen.«
Der König setzte sich den Hut, der ihm außerordentlich gefiel, auf den Kopf, bestieg sein Pferd und sprach: »Ich will mich gleich von der Kraft des Steines selbst überzeugen und sehen, wie die Leute reagieren.«
»Herr, Ihr müsst aber immer daran denken, Euren Kopf zu neigen, damit alle Menschen Euren Stein erblicken können. Nur wer ihn sehen kann, sei er arm oder reich, gering oder mächtig, wird sich Eurer Güte erfreuen und Euch seine Reverenz erweisen.«
Dieser Worte eingedenk, senkte der König nun ständig sein Haupt, um jedem, dem er begegnete, seinen Wunderstein zu zeigen. Die Menschen verstanden dies als freundlichen Gruß und waren so erfreut darüber, dass sie untereinander sagten: »Wir haben

des Königs Gruß empfangen. Nie zuvor hat er seinen stolzen Nacken vor uns gebeugt. Er hat sich geändert. Hoffen wir, dass er endgültig von seinem überheblichen und unfreundlichen Verhalten Abschied genommen hat.«

Dem König aber gefiel es wohl, von allen Seiten geehrt und von allen gegrüßt zu werden.

»Nun da sein Sinn sich gewandelt hat und er so freundlich selbst die einfachen Leute grüßt, dürfen wir hoffen, dass er sich auch unserer Nöte annehmen wird«, überlegten die Bürger.

Nach den Erfahrungen der ersten Tage mit dem wunderbaren Stein, suchte der Ratgeber den König auf und erkundigte sich nach seinem Befinden. Der junge Regent sprach in den höchsten Tönen des Lobes von den beglückenden Begegnungen, die ihm der Stein ermöglicht habe.

»Ihr müsst noch wissen, mein König«, sprach der Ratgeber, »dass die Kraft des Steines nicht unverletzlich ist. Wenn Ihr ein Unrecht zulasst, verliert der Stein seine Macht unwiderruflich. Wenn Ihr eine Not nicht mindert, die Euch zu verringern möglich ist, schwindet die Kraft des Steines. Ebenso, wenn Ihr nicht Gerechtigkeit übt gegen jedermann. Es liegt ganz allein in Eurer Hand, ob Ihr durch Recht und Güte Euch die Macht des Steines erhalten wollt. Bedenkt dies wohl in allen Euren Entscheidungen.«

»Mein Freude über den Stein ist groß«, antwortete der König. »Die mit ihm verbundene Verpflichtung wiegt schwer. Durch deinen weisen Rat habe ich Ehre und Anerkennung erfahren dürfen. Ich bitte dich, mir auch weiterhin mit deinem Rat zur Seite zu stehen, so wie du auch meinem Vater gedient hast.«
Und so geschah es. Der König wurde ein gerechter und gütiger Herrscher, sein Land gedieh. Die Kraft des Steines blieb ungebrochen. Sie wirkt auch heute.

Zwielicht

»Sparen! Sparen!« Seit Wochen war das die herrschende Parole und sie wurde den Menschen bei jeder Gelegenheit eingebläut. Die Stadtkasse war leer, der Straßenbelag konnte nicht erneuert werden. Nachts war nur noch jede zweite Laterne in Betrieb. Vielen Firmen ging es schlecht und manche meldeten Kurzarbeit an, um keine Mitarbeiter entlassen zu müssen. Es gab aber auch Unternehmer, die die Gunst der Stunde für ihre Machenschaften missbrauchten. Sie entließen Arbeiter und stürzten Familien in Not und Armut, um ihr Unternehmen für den geplanten Verkauf noch profitabler erscheinen zu lassen und um dadurch selber noch reicher zu werden.

Ein solcher Herr Direktor ging im Dämmerlicht einen Weg entlang. Eine unscheinbare Gestalt, ein kleiner Mann, kam ihm entgegen. Um einen Scherz zu machen rief er: »He, Meier, bist du das? Im Dunkeln schienst du mir ein Hund zu sein!«

»Ach, der Herr Direktor«, antwortete Meier. »Hätte Sie beinahe nicht erkannt. Im Dunkeln schienen Sie fast ein Mensch zu sein.«

Wachsender Wohlstand

Es war ein Wunder, das Ali die Stadt erreichen konnte. In der Wüste war die Karawane, der er sich angeschlossen hatte, überfallen und ausgeraubt worden. Seit drei Tagen hatte er sich durch die Wüste geschleppt und pochte endlich ans Tor seines Oheims. Dort wurde er liebevoll aufgenommen und gepflegt, bis er wieder bei Kräften war.
»Guter Oheim«, sagte Ali, »ich danke dir mit meinem Leben für die Wohltaten, die du mir erwiesen hast. Ich kann es dir nicht vergelten, denn ich besitze nichts mehr. Selbst das Hemd, das ich bei meiner Ankunft trug, taugt nicht mehr, den Boden damit zu wischen.«
»Mache dir keine Sorgen um Besitz und Wohlstand, mein lieber Neffe. Du weißt, ich bin in dieser Stadt nicht ohne Ansehen. Kleide dich morgen in die Gewänder, die ich dir bereitlegen lasse, und begleite mich dann zu einem Besuch beim Statthalter. Dann sehen wir weiter.«
Angetan mit prachtvollen Kleidern musste Ali am nächsten Tag in der Vorhalle des Palastes warten, während sein Oheim drinnen beim Emir zur Audienz empfangen wurde. Nach einiger Zeit kam ein Bediensteter und führte Ali zum Statthalter. Dort sah er seinen Oheim entspannt neben dem Emir sitzen. Ali

erwies dem Würdenträger seine Ehrerbietungen und der dankte ihm freundlich. Dann ergriff der Oheim das Wort und sprach: »Hochwerter Emir, darf ich dir meinen Neffen Ali vorstellen, den einzigen Sohn meines jüngst verstorbenen Bruders und somit Besitzer großen Reichtums. Niemand in seinem Gebiet verfügt über so viel greifbares Vermögen wie dieser edle Mann, dazu der Besitz seiner weit gestreuten Familie. Er begleitet mich zu dir, weil er dir, mein Emir, einen Wunsch vortragen möchte.«
»Der Wunsch sei ihm gewährt«, beeilte sich der Statthalter zu antworten.
Der Oheim sagte nun: »Mein Neffe Ali bittet dich, du mögest ihm die Gunst erweisen, dir von seinen Tieren, seinen Gütern und seinem Geld zu nehmen, was du als dein eigen sehen möchtest.«
»Nein, um Himmels willen«, erwiderte der Emir, »das werde ich ihm nicht antun. Vielmehr steht es mir zu, den Wohlstand eines so edlen und hochherzigen Mannes zu mehren!«
»Da du es ablehnst, wollen wir es dir erlassen, etwas von seinem Reichtum zu nehmen. So bittet mein Neffe, du mögest dich wenigstens seiner in seiner Heimatstadt als Beauftragter und Erfüller deiner Wünsche bedienen.«
»Wenn ich einmal einen entsprechenden Wunsch habe, werde ich mich seiner gerne als Vertrauens-

mann bedienen. Ich bitte dich aber, mit deinem edlen Neffen darüber zu sprechen, ob er eine kleine Gabe von mir annehmen möchte. Denn ich lege Wert darauf, dass Männer seines Standes Zeichen meines Wohlwollens und meiner Güte auch öffentlich präsentieren.«

Da wandte sich der Oheim direkt an seinen Neffen und sagte: »Ich beschwöre dich, Ali, verweigere mir nicht die Bitte, einen Gunstbeweis des Statthalters entgegenzunehmen.«

Ali senkte nur leicht den Kopf als Zeichen seiner Zustimmung. Der Emir befahl, Geld, Reittiere, Ehrengewänder und Diener zum Hause des Oheims bringen zu lassen.

Als der Oheim und sein Neffe auch dort angekommen waren, sagte Ali: »Du hast mir zu einem Wohlstand verholfen, wie ich ihn in solcher Größe nie vorher besessen habe.«

»Nimm die Gaben und kehre heim, lieber Neffe. Ich kenne die Menschen eben besser als du. Wenn die Menschen wissen, dass du einen Sack voll Gold hast, füllen sie dir einen zweiten. Wenn sie aber merken, dass du arm bist, plündern sie dich aus und bringen dich auch noch um den Rest.«

Man kann nur geben, was man hat

Schon seit vielen Tagen war der Meister auf der Wanderschaft zu einem weit entlegenen Tempel. Sein bester Schüler begleitete ihn auf der beschwerlichen Reise. Sie waren beide sehr verschwitzt und ihre Kleidung war staubig, als sie ein armseliges Dorf erreichten, in dem sie sich Rast und Nahrung erhofften.
Kläffend und wütend rannten ihnen die Dorfköter entgegen, und als ein Mann am Straßenrand auf die Fremden und Ruhestörer zu schimpfen begann, gesellten sich andere Dörfler zu ihm, die fluchten und die Reisenden mit Schmutz bewarfen.
Der Meister lächelte und segnete die Männer im Vorübergehen. Als die Wanderer das Dorf hinter sich gelassen hatten, sagte der Schüler: »Sie beschimpfen uns, anstatt uns Gastfreundschaft zu gewähren. Sie beleidigen uns, anstatt uns nur einen Schluck Wasser zu gönnen. Warum lächelst du und segnest sie auch noch?«
Der Meister antwortete: »Weil jeder mit der Münze zahlt, die er in seiner Tasche hat.«

Dem Auto sei Dank

Zwei Nachbarsjungen waren unzertrennliche Freunde. Schon im Kindergarten spielten sie zusammen, während der Schulzeit saßen sie nebeneinander im Klassenzimmer und ihren Wehrdienst leisteten sie in der gleichen Einheit ab. Als der eine zum Studium in die ferne Stadt ging, schworen sie sich unverbrüchliche Treue.

Der Student machte ein gutes Examen und startete eine erfolgreiche Karriere in einem großen Unternehmen. Seinen Freund aus Kindertagen, der ein Handwerker geworden war, hatte er nie wieder besucht.

Eines Tages baute sein Unternehmen eine Niederlassung in der Nähe des Heimatortes. Der Handwerker hörte davon, dass sein Jugendfreund als neuer Direktor nahebei in einer prächtigen Villa wohne.

Er fasste sich ein Herz und in Erinnerung an ihre gemeinsamen Jugendjahre ging er zu der Villa, um seinen Freund endlich wiederzusehen. Der Hausdiener wies ihn ab. Als der Handwerker protestierte und beim Direktor nachfragen ließ, verleugnete der ihre Bekanntschaft.

Bedrückt ging der enttäuschte Freund nach Hause.

Der Verrat seines Jugendfreundes verdross ihn sehr. Hielt der sich für einen hochgestellten, besseren Men-

schen, nur weil er zu Einfluss und Reichtum gekommen war? Der Handwerker zog seinen besten Anzug an, mietete eine elegante Limousine samt Chauffeur und fuhr bei der Villa vor.
Eilends lief der Diener nach innen und schon trat der Jugendfreund heraus, die Arme weit geöffnet, in jeder Hand ein teures Glas.
»Mein lieber, guter alter Freund«, rief er, »wie schön dich endlich nach so vielen Jahren wiederzusehen! Darauf müssen wir ein Glas Champagner trinken!«
Der Handwerker nahm das Glas entgegen – und goss den Champagner über den Wagen. Dann streichelte er die Nobelkarosse und sagte: »Ich danke dir sehr. Ohne dich hätte ich meinen liebsten Freund nie mehr wiedergesehen.«

Bruderliebe

Zwei Brüder stritten darüber, ob Brüder oder Freunde sich mehr lieben sollen.
»Es ist ganz klar, dass Brüder sich mehr lieben sollen. Sie sind blutsverwandt. Sie wachsen zusammen auf. Sie kennen sich von Kindesbeinen an, sie wissen um ihre Stärken und Schwächen«, argumentierte der Ältere.
»Das sehe ich anders«, entgegnete der jüngere Bruder. »Zur Liebe muss ich mich frei entscheiden, die ist nicht familienbedingt.«
»Aber zu einem besten Freund würdest du sagen, du liebst ihn wie einen Bruder. Das geht doch nicht zusammen.« Lange tauschten die Brüder ihre Überlegungen aus. Keiner vermochte den anderen zu überzeugen. Weil keiner dem anderen nachgeben wollte, einigten sie sich darauf, dass die Antwort des Meisters ihre Diskussion entscheiden sollte.
Die Brüder suchten den Meister auf und fragten ihn:
»Meister, wen liebst du mehr: deinen Bruder oder deinen Freund?«
Der Meister dachte einen Augenblick nach und antwortete:
»Ich liebe meinen Bruder, wenn er mein Freund geworden ist.«

Der richtige Ansatz

Es war ein regnerischer Samstagnachmittag. Der Vater war zusammen mit den zwei Kindern alleine im Haus. Er wollte endlich die Zeitung lesen, doch die unruhig hin und her laufenden Söhne und ihr Geschrei zerrten zusehends an seinen Nerven. Wenn er sie doch wenigstens eine Zeit lang beschäftigen könnte. Alle seine Anregungen und Aufforderungen wurden bisher ignoriert oder als langweilig abgetan.
Als er in der Zeitungsbeilage eine farbige Weltkarte sah, hatte er eine Idee. Er trennte die Seite mit der Weltkarte heraus und mit einer Schere zerschnitt er sie kreuz und quer. Die Schnipsel legte er in eine Schale, mischte sie noch einmal gut durch und stellte sie auf den Fußboden. Er rief seine Söhne und sagte: »Ich habe euch ein Weltkarten-Puzzle gemacht. Schafft ihr es, die Welt wieder richtig zusammenzusetzen? Wenn es euch gelingt, kochen wir nachher einen großen Schokoladenpudding.«
So hoffte er, ein wenig Ruhe einkehren zu lassen. Zur Feier des Augenblicks ging er in die Küche und gönnte sich eine Tasse Kaffee. Er hatte einige Minuten später noch nicht einmal die neuesten Nachrichten der Zeitung zur Lokalpolitik studiert, da riefen die Söhne: »Fertig, Papa!«

»Schon fertig? Ich kann's gar nicht glauben. Wie habt ihr es denn so schnell geschafft, das Puzzle richtig zusammenzusetzen?«
»Och, das war ganz leicht«, behauptete der Jüngste. »Als wir alle die bunten Papierstücke sahen, wussten wir zuerst gar nicht, wo wir anfangen sollten. Doch dann haben wir ein paar Augen entdeckt und dann eine Nase. Da haben wir kapiert, dass auf der anderen Seite der Weltkarte zwei Menschen, ein Mann und eine Frau, abgebildet waren. Die haben wir wieder zusammengesetzt. Das ging ziemlich schnell. Dann haben wir alles umgedreht und auch die Welt war wieder ganz.«
»Ja, Papa, das ist ganz einfach«, erklärte der ältere Sohn, »wenn's mit den Menschen funktioniert, ist auch die Welt in Ordnung.«

III. Was du nicht willst, das man dir tu …

Bauernweisheit

Ein Mann, aus armen Verhältnissen stammend, wollte unbedingt reich und mächtig werden. Dazu war ihm jedes Mittel recht. Durch Schmuggel, Raub und Erpressung häufte er viel Geld an, bezahlte Politiker und Polizisten und gewann rasch Einfluss und Macht. Bald zitterten viele im Land vor seiner Rücksichtslosigkeit.

Ein Bauer besaß einen Büffel, der war so groß und stark, dass er jeden Büffelkampf gewann. Den wollte der Mächtige unbedingt haben. Da der Bauer seinen geliebten Büffel um keinen Preis verkaufen wollte, nahmen die Knechte des Mächtigen den Büffel einfach mit. Nun gewann der große Büffel seine Kämpfe, um den fürchterlichen Ruhm des Bösen zu mehren.

Der aber fühlte sich so siegesgewiss, dass er alle im Land aufforderte, ihre Büffel gegen seinen unbesiegbaren Büffel kämpfen zu lassen. Doch nirgends war ein Büffel, der sich mit dem Büffel des Bösen hätte messen können. Davon hörte auch der betrogene Bauer, und er sann auf Vergeltung.

Er ließ dem Mächtigen die Botschaft zukommen, dass er einen unbezwingbaren Kampfbüffel besitze, der den Büffel des Bösen auf jeden Fall besiegen werde. Sich seines Triumphes gewiss, ließ daraufhin der

Mächtige den Tag des großen Büffelkampfes im ganzen Land verkünden. Aus allen Himmelsrichtungen kamen die Menschen zum Wettkampfplatz, denn dieses Schauspiel wollte sich niemand entgehen lassen.
Zuerst ließ der Mächtige seinen prächtigen Büffel in die Wettkampfarena, und alle Zuschauer staunten über seine Größe und Stärke und über seine gewaltigen Hörner. Der Büffel schüttelte seinen mächtigen Kopf, scharrte mit den Hufen, wirbelte Staub auf, rollte mit den Augen und wartete, die gefährlichen Hörner vorgestreckt, mit gesenktem Kopf auf den Herausforderer. Auch der Mächtige und seine Begleiter erwarteten so gespannt wie alle Zuschauer den geheimnisvollen Gegner, der es wagte, diesen kolossalen Büffel herauszufordern.
Atemlose war die Stille im Rund der Arena, da öffnete der geprellte Bauer das Gatter – und ließ ein Büffeljunges heraus.
Nach einem Augenblick des Erstaunens brach lautes Gelächter, ja höhnisches Gebrülle, aus. Der Mächtige johlte am lautesten, Tränen der Heiterkeit liefen ihm über die Wangen.
Das Kälbchen aber sprang munter auf den gewaltigen Kampfbüffel zu, denn es hatte großen Hunger. Der Bauer hatte es ja viele Stunden zuvor von seiner Mutter getrennt. Und nun glaubte das Junge, von dem

Büffel dort Nahrung zu bekommen. Es stupfte mit dem Maul dem Büffel zwischen die Beine. Das gefiel dem großen Kämpfer überhaupt nicht. Er machte einen Schritt zur Seite. Wieder stieß ihm das Kalb in den Bauch. Irritiert und ärgerlich sprang der Büffel weg. Das hungrige Kälbchen setzte nach – und der Unbesiegbare ergriff die Flucht.
Zur Freude des Publikums musste der Mächtige sich geschlagen geben.

Schatzgräber

Seit Tagen ritt der Meister alleine durch die Wüste, seinem noch fernen Ziel entgegen. Eines Abends rastete er in der Nähe einer Wasserstelle, als eine Gruppe wilder Männer auftauchte. Der Meister erkannte gleich, dass sie Tagediebe und Abenteurer waren, mit denen nicht zu spaßen war. Sie schienen ihn, bei dem nichts zu holen war, jedoch nicht behelligen zu wollen. Im Gegenteil, sie luden ihn zu einem Glas Tee ein. Wohin er denn unterwegs sei, fragten sie ihn.

»Ich will meinen Bruder besuchen. Mir wurde berichtet, dass er erkrankt ist«, antwortete der Meister. »Und wohin reitet ihr?«

»Wir wollen zu den Ruinen. Denn wir wissen, wo eine Ruine ist, ist sicher auch ein Schatz zu finden.«

»Warum«, sagte der Meister nachdenklich, »sucht ihr dann nicht in euren verwüsteten Herzen?«

Ein Wirtschaftsspekulant

Zwei wandernde Musiker hatten schon lange nichts Rechtes zu essen gehabt und litten Hunger und Durst. Schwach und erschöpft kamen sie in ein Dorf und tranken am Brunnen kühles Wasser, bis sie sich ein wenig erholt hatten. Von den Frauen hörten sie, dass am nächsten Tag eine Hochzeit gefeiert werden sollte und die beiden Spielleute sicher willkommen wären. Die Brautleute baten sie, bei ihrer Hochzeit gegen freies Essen und Trinken zum Tanz aufzuspielen.
Als die beiden Musikanten zur Festscheune kamen, war die Tafel schon gedeckt. Einer der Musiker konnte sich nicht beherrschen und steckte sich rasch ein gekochtes Ei in den Mund, bevor die anderen Gäste sich an den Tisch setzten. Dann schämte er sich, vor einem leeren Teller zu sitzen und bat den Freund, ihm ein Ei zu borgen.
»Nimm es dir – aber nur unter einer Bedingung: Du musst es mir zurückgeben, wann immer ich es zurückverlange und mir den vollen Ertrag bezahlen, den es bis dahin gebracht hätte.«
Seinem Freund voll und ganz vertrauend und ohne weiter zu überlegen, nahm der Musiker das Ei entgegen, und da alle Gäste inzwischen an der Tafel saßen, verzehrte er das geborgte Ei.

Jahre der Wanderschaft gingen dahin. In einem Frühjahr kamen sie in eine liebliche Gegend. Der Musiker, der das Ei verliehen hatte, sagte: »Hier gefällt es mir. Ich will nicht mehr wandern. Hier will ich bleiben und es mir gut gehen lassen. Du kannst mir jetzt deine Schuld begleichen.«
Der Schuldner war nicht nur erstaunt, er war geradezu entsetzt als er hörte, was sein Freund von ihm als Rückgabe verlangte.
»Jetzt tu nicht so schockiert«, ereiferte sich der Gläubiger, »du kannst es dir doch selber ausrechnen. Im Laufe eines Jahres schlüpft ein Küken aus dem Ei, das wächst zu einem Huhn heran. Im nächsten Jahr bekommt das Huhn achtzehn Küken, aus denen werden Hühner, von denen jedes wieder achtzehn Küken bekommt und so fort. Jahr für Jahr seit deinem Versprechen. Wir gehen hier zu einem Bauern und fragen, was ein Huhn kostet. Dann können wir deine Schulden ganz genau berechnen. Aber ganz sicher wird es eine große Summe sein.«
Der einstmals gutgläubige Freund verstand, dass er diese große Geldsumme nie im Leben würde aufbringen können. Woher sollte er so viel Geld nehmen? Ihm blieb nichts anderes, als bei einem verständigen Richter einen Ausgleich zu suchen.
Der Richter hörte sich die Klage an, fragte nach, doch da der Schuldner nicht bestritt, das Ei damals unter

den genannten Bedingungen angenommen zu haben, entschied der Richter den Fall zu Gunsten des Gläubigers.
Ganz gebrochen setzte sich der Schuldner draußen auf die Stufen vor dem Gericht. Er konnte nicht mehr weiter, er saß nur da und weinte über die eigene Dummheit, seine damalige Unbeherrschtheit, seine Gutgläubigkeit und das enttäuschte Vertrauen, seine Hoffnungslosigkeit, sein ganzes großes Elend.
Eine Marktfrau, die vor den Stufen ihren Stand hatte, hatte seinen Jammer mitangesehen. Um ihn zu trösten, brachte sie ihm eine süße Birne und fragte ihn nach dem Grund für sein Unglück. Er erzählte ihr, was ihm widerfahren war. Sie gab ihm den Rat, zu einem Weisen zu gehen, der außerhalb des Ortes seine Bleibe habe, und der noch jedem Bittsteller geholfen habe, so gut er konnte.
Da ihm jeder Rat und jede Hilfe willkommen war, machte sich der arme Musiker auf den Weg und erzählte dem Weisen seine Geschichte. Der hatte aufmerksam zugehört und gab dem Schuldner auch einen guten Rat. Da wurde der Musiker wieder hoffnungsfroh und tat, wie ihm der Weise geraten hatte.
Neben dem Weg, den der Richter allabendlich nach Hause ging, war ein Stück Ackerland. Dorthin eilte der arme Musiker, nachdem der die Anweisungen des Weisen ausgeführt hatte. Als er den Richter kom-

men sah, setzte er geschäftig gekochte Bohnen in die Ackerfurchen. Der Richter blieb stehen und fragte: »He du, was machst du da?«
»Ich säe gekochte Bohnen!«, antwortete der Musiker
»Was für ein Unsinn! Gekochte Bohnen können gar nicht wachsen, du Dummkopf!«
»Und welcher Richter hat je gesehen, dass aus einem gekochten Ei ein Küken schlüpft?«
Da schlug sich der Richter vor die eigene Stirne und musste lauthals lachen.
»Ich sehe nun ein, dass ich einen großen Fehler gemacht habe«, rief der Richter. »Wer hat dich so gut beraten? Bringe ihn morgen mit, wir besprechen die Sache im Gericht!«
Am nächsten Tag ließ der Richter den Gläubiger zum Gericht holen und der arme Musiker trat zusammen mit dem Weisen vor den Richtertisch.
»Der Weise ist zu Recht mit meinem Urteil nicht einverstanden«, sagte der Richter. »Ich habe einen Fehler gemacht. Deshalb bitte ich den Weisen um seinen Ratschlag.«
»Der Schuldner kann nicht verpflichtet werden zu bezahlen, was gar nicht möglich ist. Aus einem Ei kann sehr wohl ein Küken schlüpfen, aber doch niemals aus einem gekochten Ei. Wer ein gekochtes Ei geborgt hat, soll auch ein gekochtes Ei zurückerstatten«, so sprach der Weise.

»Sei du froh«, sprach der Richter nun zu dem Gläubiger, »dass dein ehemaliger Freund dich nicht wegen versuchten Betruges verklagt. Ich spreche nun das neue und endgültige Urteil in dieser Sache: Ein gekochtes Ei für ein gekochtes Ei. Nicht mehr und nicht weniger.«

Das Lied der Lerche

Einem Vogelfänger war eine wunderschöne Lerche ins Netz gegangen. Die wollte er aufschneiden und zusammen mit anderen toten Vögeln auf dem Markt verkaufen.
Die Lerche erkannte seine Absicht und sagte: »Herr, gib mir die Freiheit wieder. Ich will dir zum Dank drei Ratschläge geben, die dich reich machen und dir Ansehen schenken werden.«
›Warum nicht?‹, dachte der Jäger, ›hält sie ihr Wort, werde ich vielleicht einen höheren Gewinn erzielen, als sie mir beim Verkauf einbringen würde. Und wenn nicht – Lerchen gibt es in diesem Jahr genug.‹
»Also gut, ich werde dich freilassen, wenn deine Lehren gut sind«, versprach er.
»Du sollst erstens nie etwas verlangen, was dir nicht zusteht. Du sollst zweitens nicht glauben, was dir Unglaubwürdiges erzählt wird. Und du sollst drittens nicht um Verlorenes trauern, wenn keine Aussicht darauf besteht, es wiederzubekommen. Das sind meine guten Ratschläge für dich.«
Kaum hatte die Lerche ihre Freiheit wieder, flog sie empor und rief: »Du Narr, hättest du mich behalten und getötet, so hättest du in meinem Magen einen äußerst kostbaren Stein, größer als ein Straußenei, ge-

funden. Der hätte dich unvorstellbar reich gemacht. So aber hast du dein Glück davonfliegen lassen!«
Da begann der Vogelfänger zu jammern und zu klagen, dass ihm sein Glück, sein Reichtum entschwunden sei. Alles, alles werde er daransetzen, die Lerche wieder einzufangen.
Da lachte die Lerche ihn aus. »Schon hast du meinen Rat vergessen, nicht zu glauben, was unglaublich ist: Wie sollte wohl ein Stein in meinem Innern sein, der zweimal größer ist als ich? Und du willst mich erjagen und besitzen und trauerst mir nach, ich aber fliege frei davon. Niemals wieder werde ich dir ins Garn gehen. Ich weiß ein Lied davon zu singen, wie ich dich, der aus Habgier und Dummheit seine Sicherheit und sein Pfand aufgab, überlistet habe.«
Jubilierend flog die Lerche zu Himmel empor.

Scharf kalkuliert

Ein Händler war in finanziellen Nöten und bot einem einflussreichen Kaufmann seine beiden letzten Ballen Seide zum Kauf an.

»Werter Herr, Ihr kennt den Preis für Seide dieser besten Qualität. Weil ich mit Euch ins Geschäft kommen will, will ich mit dem halben Preis zufrieden sein.«

Der Kaufmann besah und befühlte die Seide. Dann erhob er sich, nahm einen Ballen und verließ den Raum.

Der Händler dachte, der Kaufmann wolle die Qualität des einen Ballen genauer prüfen, und den anderen wohl zurückgeben. Er wartete lange.

Endlich kam der Kaufmann wieder, und der sah ihn erstaunt an: »Was machst du denn noch hier. Der Kauf ist doch schon längst abgeschlossen!«

»Ich warte, dass du geruhst, zu bezahlen.«

»Wie sollte es dir entgangen sein, dass ich dich bereits bezahlt habe? Es ist eine Frechheit zu verlangen, ein zweites Mal bezahlt zu werden!«

»Ich habe Euch zwei Ballen Seide gebracht«, entgegnete der Händler. »Einen Ballen habt Ihr genommen und einen Ballen habt Ihr zurückgegeben.«

»Was bist du für ein seltsamer Händler. Du kannst wohl nicht rechnen. Du hast gesagt, dass du mit dem halben Preis zufrieden bist. Ich habe zwei Ballen gekauft. Den einen habe ich genommen und mit dem anderen habe ich dich bezahlt. Das ist doch wohl der verlangte halbe Preis. Also mach, dass du fortkommst.«

Gleiches mit Gleichem vergelten

Einem mächtigen König missfiel es, dass das kleinere Königreich jenseits des gemeinsamen Grenzflusses sich gegen alle seine Übernahmeversuche hatte behaupten können. Dieser Widerstand nahm sein Denken gefangen und bereitete ihm ständige Kopf- und Magenschmerzen. Er zwang seine Minister, sich immer neue Strategien auszudenken, wie er seinen Nachbarn überwältigen könne. Nach mehreren Niederlagen, die dem Lande nicht im Geringsten zur Ehre gereicht hatten, waren die Minister zu weiteren Auseinandersetzungen nicht sehr motiviert.

Eines Tages stürmte der König mit zornrotem Gesicht in die allmorgendliche Ministerbesprechung und schrie: »Das wird er mir büßen. Diese Schmach werde ich nicht auf mir sitzen lassen. So eine Schande! Das bedeutet Krieg!«

Was denn Entsetzliches geschehen sei, das ihn so in Wut versetze, wollten die Minister wissen.

»Heute Nacht im Traum hat mich dieser Bastard von einem König dermaßen beleidigt und verspottet, dass ich dies nicht so einfach hinnehmen kann. Ich werde ihm eine Antwort verpassen, die ihn niederschmettern wird. Los Schreiber, notiert die Botschaft. Sie soll schleunigst überbracht werden!«

Der König des kleinen Landes auf der anderen Seite vernahm die den Krieg heraufbeschwörende Nachricht mit großer Sorge. Zwar hatte er mit Klugheit und List bisher alle Aggressionen des Nachbarreiches abwehren können, aber er fragte sich, ob er sein Land und Volk auch diesmal würde schützen können.
»Bote, richte deinem König Folgendes aus: Nie ist ihm von meiner Seite aus Böses widerfahren. Ich hege keinen Hass gegen ihn, auch wenn er uns immer wieder zur Verteidigung zwang. Ist ihm aber ohne mein Wissen eine unabsichtliche Feindseligkeit widerfahren, so will ich ihm dafür Sühne leisten. Dafür sind mein Besitz und die Treue meiner Mannen allemal groß genug. Von heute an in dreißig Tagen soll er an das Flussufer kommen. Wenn ich seine Anklage vernommen habe, so will ich ihm die gerechte Antwort darauf nicht versagen.«
Als der genannte Tag herankam, zogen beide Könige mit hochgerüsteter Gefolgschaft an das Ufer des Grenzflusses. Der kluge König ließ seinem Widersacher durch einen Boten mitteilen, dass er vorschlage, dass sich beide Könige mit je zwölf Mann Gefolgschaft auf der kleinen Flussinsel treffen sollten. So wurde es getan. Dort auf der Insel sagte der kluge König: »So lasst mich in Gottes Namen wissen, was ich Euch Böses getan haben soll, dass Ihr mich derart herausfordert.«

»Ich habe Euch bereits schriftlich und durch die Worte des Boten Auskunft gegeben«, erwiderte der zornige König. »Doch wenn ihr Brief und Botschaft nicht vertraut, so will ich es Euch noch einmal in aller Deutlichkeit sagen: Ich hatte einen so üblen Traum mit Euch, dass ich es mir bis an mein Lebensende nicht verzeihen würde, wenn ich die Schmach, die mir von Euch in jener Nacht widerfuhr, nicht rächen würde.« Der kluge König hegte großen Zweifel, ob und wie er sich und sein Land vor dem Zorn dieses Wirrkopfs würde retten können. Hier auf der Insel standen sie sich in gleicher Waffenstärke gegenüber. Sollte er wegen eines Traumes ein Gemetzel mit ungewissem Ausgang wagen? Aus den Augenwinkeln sah er, dass seine Männer, die besten und mutigsten Männer seines Landes, auf ihren stärksten Pferden bis an den Ufersaum vorgerückt waren. Die Sonne ließ ihre Schilde und Rüstungen funkeln. Das Wasser spiegelte so deutlich ihre Reihen, dass in ihren Wasserschatten selbst die Farben der Rösser zu erkennen waren. Der kluge König wies mit der Hand auf diese Spiegelbilder und sprach: »Ich will Euch hier vor Zeugen in vollem Umfang Recht tun. Dazu bin ich bereit. Was Ihr hier im Wasser stromauf und stromab an Rittern versammelt seht, dass sind die besten, die ich habe. Diese Ritter im Wasser nehmt gefangen und führt sie ab. Sie sind Euer. Damit will ich Euch für das große

Leid entschädigen, das Euch nach Eurer Aussage widerfahren ist.«
Sofort geriet der zornige König in Rage: »Wollt Ihr mich schon wieder verhöhnen, verdammter Nachbar? Wie soll ich jene gefangen nehmen, die doch nichts als Schatten sind?«
»Ihr habt vor Zeugen erzählt, dass es Euch im Traume geschah, das große Leid, das ich Euch zugefügt haben soll. Wenn Euch ein Schatten kränkte, dann ist es nur gerecht, dass Euch ein Schatten entschädigt. Und geschieht Euch wieder einmal im Traume ein Leid, dann kommt ruhig zu mir, auf diese Weise büße ich gerne. Wollt Ihr mit Euren Träumen großer Macht und Reichtümern nachjagen, dann geht zu den alten Frauen; die deuten Euch gerne Eure Gesichter und versprechen Euch gewaltige Schätze.«
Gedemütigt und verlacht stand der zornige König da, und keiner seiner Ritter war bereit, für ihn sein Schwert zu ziehen. Ihre Helme verdeckten sicher ihre belustigten Mienen. Während sie abzogen, befahl ihnen ihr zorniger König, über diese Schmach für immer zu schweigen. Den Fluss aber erklärte er zur unüberwindbaren Grenze.

Gerechter Lohn

Zwei Männer verdienten ihren Lebensunterhalt mit der Zubereitung von Feuerholz. Der eine besaß eine Säge, der andere hatte eine Axt.
Nun wurden sie beauftragt, einen Berg Holz zu zerkleinern, das aber bereits in große Klötze zersägt worden war, die nur noch gespalten werden mussten. Der Mann mit der Axt machte sich an die Arbeit und begann, Holz zu hacken. Sein Kollege mit der Säge setzte sich in den Schatten. Immer wenn der andere Arbeiter ein großes Stück Holz auf den Holzklotz gestellt hatte und die Axt hob, rief der Mann im Schatten: »Hau!« und wenn die Axt niedersauste rief er: »Ruck!«.
So ging es den ganzen Tag. Der eine plagte sich mit Holzhacken, der andere rief: »Hau ruck.« Am Abend war alles Holz zerkleinert und der Auftraggeber zahlte dem Holzhacker den vereinbarten Lohn. Der steckte das Geld in seine Tasche. Der Kollege mit der Säge beklagte sich und verlangte seinen Anteil. »Aber du hast doch den ganzen Tag über nur im Schatten gesessen und nichts gearbeitet. Darum werde ich dir auch nichts geben«, verteidigte sich der Holzhacker. »Du gemeiner Kerl«, schimpfte der andere, »dann verklage ich dich, und der Richter soll entscheiden!«

Also kam es zur Verhandlung. Der beschuldigte Holzhacker sagte, dass er den ganzen Tag das Holz gehackt habe. Das bestätigte auch der Ankläger.
»Aber was hast du denn geleistet, wenn der andere den Auftrag erfüllt hat?«, fragte der Richter.
»Ich habe ihn die ganze Zeit unterstützt. Ich habe mit höchster Konzentration bei jedem neuen Klotz und Hieb ›Hau!‹ und ›Ruck!‹ gerufen.«
»Ja wenn das so richtig ist«, sagte der Richter, »dann musst du selbstverständlich entsprechend entlohnt werden und deinen Anteil bekommen.«
Da strahlte der Mann mit der Säge übers ganze Gesicht, besonders als der Richter vom Holzhacker die Herausgabe des Geldbeutels verlangte.
»Sind diese Geldmünzen der Lohn für das Hacken des Holzes und für alle ›Hau-Rucks‹?«
Die beiden Arbeiter nickten. Der Richter band den Beutel auf und drehte ihn um. Mit hellem »Klirr-Klirr« sprangen die Münzen auf den Boden des Gerichts. »Hörst du das?«, fragte der Richter den Mann mit der Säge. Dann ließ der Richter die Münzen vom Gerichtsdiener einsammeln, legte sie in den Beutel und gab ihn dem Holzhacker zurück.
»Und was ist mit mir?«, rief der Kläger und machte ein langes Gesicht. »Wer bezahlt mich?«
»Du bist doch soeben bezahlt worden«, erklärte der Richter. »Für jedes ›Hau-Ruck‹ gab's ein ›Klirr-Klirr‹.«

Zurückgeblieben

Drei Wanderer waren seit Tagen unterwegs. Ihre Vorräte waren knapp geworden, doch da sie einander geschworen hatten, alles miteinander zu teilen, das Gute wie das Schlechte, die Fülle wie den Mangel, so hatten sie bisher keine Not gelitten. Nach einem weiten Marsch durch die Einöde, in der sie nur wenige Beeren gepflückt hatten, richteten sie ihr Nachtlager hinter einigen Büschen ein. Alle verspürten großen Hunger und hofften auf ein Abendessen, auch wenn es kärglich sein würde. Als sie ihre restlichen Vorräte anschauten, war ihnen klar: Mehr als einen Brotfladen aus dem wenigen Mehl, das sie noch hatten, und ein wenig Wasser war nicht zu erwarten.

Während der Fladen von dem Wanderer, der den anderen beiden als ein wenig zurückgeblieben und arglos galt, zubereitet wurde, dachten die beiden klügeren Wanderer über ihre missliche Lage nach. Da sagte einer von ihnen: »Uns beide würde der Fladen wohl satt machen. Unser Freund ist aber ein rechter Vielfraß und ohnehin nie satt zu kriegen.«

»Da kann ich dir nur zustimmen«, antwortete sein Kumpan. »Ich habe auch eine Idee, wie wir unseren dummen Freund überlisten können. Wenn es dir recht ist, dann lass' mich nur machen.«

Und laut sagte er dann: »So lange der Brotfladen noch bäckt, sollten wir alle ein Schläfchen halten. Wenn wir erwachen und das Brot gebacken ist, soll jeder seinen Traum erzählen. Wessen Traum am ungewöhnlichsten ist, der soll den Fladen erhalten.«
Man stimmte ihm zu und die zwei legten sich nieder und schliefen ein. Den Dritten ließ sein knurrender Magen nicht an Schlaf denken. Er konnte die Augen nicht von dem Fladen lassen. Als der ihm gut gebacken schien, griff er zu, aß das frische Brot und ließ nur ein paar Stückchen über. Dann legte er sich neben seine Kameraden und schlief. Bald erwachte der Erste, rüttelte seinen Kumpan wach und sagte: »Ach, was hatte ich doch für einen wunderlichen Traum: Ein wunderschöner Engel mit goldenen Haaren und großen goldenen Flügeln nahm mich bei der Hand und brachte mich in den Himmel. Da sah ich die ganze Herrlichkeit und kam aus dem Staunen nicht mehr heraus. Das war ein außergewöhnlicher Traum!«
»Da stimme ich dir zu«, sagte der Freund, »aber hört, wie mir im Traume geschah: Zu mir kam eine wahrhaft fürchterliche Gestalt, die schien mir der Teufel selber zu sein. Der packte mich fest am Arm und zerrte mich direkt in die tiefste Hölle. Dort sah ich die armen Seelen sich in grausamsten Qualen winden, sodass ich vor Schreck erwachte. Nun sag, war das nicht ein sehr ungewöhnlicher Traum?«

»Wirklich, so ungewöhnliche Träume werden nicht zu übertreffen sein. Das Brot ist uns gewiss und wird uns köstlich schmecken. Und mag der Dummkopf auch hungern, bei wem sollte er sich beklagen, da wir doch gewonnen haben? Wecke ihn auf, damit wir seinen Traum auch noch hören.«

Diese Worte aber hatte der scheinbar Schlafende gehört und als er jetzt die Aufforderung zum Erwachen vernahm, tat er ganz verstört und rief: »Wer da? Wer ruft mich?«

»Na, wir rufen dich, du Schlafmütze!«

»Wieso ihr? Wie seid ihr denn hierhergekommen?«

»Was faselst du dir wieder zusammen, Dummkopf, wir waren immer hier.«

»Das kann gar nicht sein. Ich will euch meinen Traum erzählen, wie wir es vereinbart haben. Mein Traum war wirklich seltsam und er hat mich sehr traurig gemacht. Mir träumte nämlich, dass ich euch verlor. Der eine war von einem guten Engel in das Himmelreich erhoben worden. Der andere war vom Teufel selber in die finsterste Hölle geführt worden. Nun hat man noch niemals gehört, dass einer aus dem Himmel oder gar aus der Hölle zurückgekehrt wäre. Ihr habt mich verlassen und ich bin ganz alleine hier zurückgeblieben. Da nahm ich das Brot und aß es, um meinen quälenden Hunger zu stillen.«

Passende Entscheidung

Die Eltern sorgten sich um ihre verwöhnte Tochter. Sie war alt genug, um der Mutter im Haushalt helfen zu können, doch kümmerte sie keine Bitte und keine Ermahnung. Sie blieb lieber in ihrem Zimmer, hörte Musik, schaute Fernsehen oder schlief. Die Eltern waren schier verzweifelt. Sie hatten immer daran geglaubt, allein durch gutes Vorbild und gute Worte erziehen zu können. Stets waren sie der Meinung, ihre Tochter solle nicht bevormundet werden; sie solle immer selbst entscheiden, denn sie würde selber wissen, was gut für sie sei.

Eines Abends berieten die Eltern wieder miteinander, wie sie ihre faule Tochter ohne Zwang zur Mithilfe im Haushalt motivieren könnten. Der Vater schlug vor: »Morgen, wenn ich von der Arbeit nach Hause gekommen bin, nehme ich den Staubsauger und sauge sehr lautstark vor dem Zimmer unserer Tochter. Dann kommst du dazu und rufst: ›Das ist doch eine Schande, dass du spät abends, wenn du total erschöpft von der Arbeit gekommen bist, noch Staub saugen musst, nur weil ich vor lauter Wäschewaschen, Kochen und Gartenarbeit noch nicht dazu gekommen bin. Und unsere faule Tochter keinen Finger krumm macht, um ein wenig zu helfen!‹ Ich weiß

ja, wir üben ganz fiesen moralischen Druck auf sie aus, und unsere Tochter wird sich furchtbar schämen. Aber dann wird sie endlich einmal ein wenig mithelfen und staubsaugen.«
Am nächsten Tag machten sie es genauso, wie sie es beschlossen hatten. Der Staubsauger heulte. Die Mutter wollte ihn nehmen, der Vater gab ihn ihr nicht. Die Mutter rief die vereinbarten Worte. Und sie hatte noch nicht zu Ende gesprochen, als die Tochter die Zimmertüre aufriss und dazwischenrief: »Was soll das Geschrei? Ich kann meine Musik nicht mehr hören! Hört auf zu streiten! Und wechselt euch einfach ab: Heute saugt Vater, morgen saugt Mutter und dann so weiter!«

Aus gutem Grund

Vor dem Meister saß ein Ehepaar, das seinen Rat erbeten hatte. Der Meister bat die Frau, das Problem aus ihrer Sicht zu schildern.
»Also ich bin davon überzeugt, dass mein Mann mich nicht mehr liebt.«
»Wie kommst du zu dieser Meinung?«
»Schon seit Langem lobt mein Mann mich nicht mehr, wenn ich mich hübsch gemacht habe. Er sagt keinen Ton, wenn ich ein neues Kleid oder schöne Schuhe gekauft habe; wahrscheinlich bemerkt er die Sachen ohnehin nicht. Er lobt mein Essen nicht mehr, dankt mir nicht, wenn ich seine Wäsche gewaschen, gebügelt und eingeräumt habe und das Haus sauber halte. Er bittet mich nicht, ihm meine komplexen Stimmungen zu schildern, ihm meine Gefühle zu erklären. Ich bin für ihn kein weibliches Mysterium mehr; er liebt mich ganz einfach nicht mehr.«
»Und du«, wandte der Meister sich zu dem Mann, »liebst du deine Frau?«
»Natürlich liebe ich meine Frau. Wie sollte ich sie sonst ertragen?!«
Der Meister nickte.

Eine glückliche Ehe

Zur Goldenen Hochzeit kam die ganze Familie des alten Ehepaares zu einem großen Fest zusammen. Als die Frauen einmal unter sich waren, sagte die Jubilarin: »Einige von euch, die schon lange verheiratet sind, und die Jüngeren, die überlegen, ob sie bald heiraten wollen, haben mich gefragt, wie ich denn fünfzig Jahre Ehe ausgehalten hätte. Ich will euch mein kleines Geheimnis verraten.

Kurz vor meiner Hochzeit schrieb ich eine Liste mit zehn Fehlern meines Mannes auf. Bei unserer Hochzeit schwor ich mir, ihm aus Liebe diese Fehler nicht nachzutragen und immer zu verzeihen.«

Welche Fehler es denn gewesen wären, wollte eine neugierige Enkelin wissen.

»Ich will euch die Wahrheit sagen: In Wirklichkeit habe ich die Liste nie geschrieben. Aber immer, wenn ein Verhalten meines Mannes mir gründlich auf die Nerven ging, sagte ich mir: ›Wie gut für ihn, das ist ein Fehler von der Liste.‹«

Ein großer Wunsch

Zum Meister sprach ein eifriger Schüler: »Meister, ich habe einen Wunsch an dich.«
»Mein lieber Schüler«, entgegnete der Meister, »auch ich habe einen großen Wunsch an dich.«
»Ich fühle mich sehr geehrt, werter Meister«, sprach der Schüler sich eifrig verbeugend, »ich werde gerne alles tun, um deinen Wunsch zu erfüllen.«
»Du willst ihn mir also wirklich erfüllen?«
Der Schüler nickte beflissentlich.
»Mein Wunsch an dich besteht nämlich darin«, sagte der Meister, »dass du keinen Wunsch an mich richtest.«

Eigenwillig

Am Sonntagmorgen, kurz vor Beginn des Gottesdienstes, betrat der Pfarrer die Dorfschänke und sah eine größere Schar seiner Schäfchen schon beim Sonntagsbier sitzen. Er gab sich empört, versammelte die Pfarrkinder um sich und führte sie in die Kirche. Dort hieß er sie sich aufstellen und fragte dann: »Wer von euch möchte nach seinem Tode in den Himmel kommen? Der trete nach links.«

Erst einer, dann noch einer, sehr zögerlich, so als schien ihnen die Frage des Pfarrers nicht ganz geheuer, trat einer nach dem anderen nach links. Alle, bis auf einen. Der blieb stehen, wo er war.

»Was ist mit dir?«, fragte der Pfarrer. »Willst du nicht in den Himmel?«

»Nicht jetzt«, antwortete der Mann, »und nicht mit dieser Bande.«

Gebrauchsanweisungen

Ein Rabbi und ein Seifenmacher gingen spazieren. Der Seifenmacher sagte: »Wozu ist Religion eigentlich gut? Sieh dir die Welt doch einmal an; wo du auch hinschaust: Krieg, Ausbeutung, Unterdrückung. Nach tausenden Jahren der Lehre von Gott, Wahrheit und Liebe hat sich doch nichts geändert. Alle die Übel sind noch da, trotz aller Gebete, aller Bitten, aller Bemühungen. Wenn Religion wirklich zu etwas gut sein soll, warum sind all die Gräuel und Probleme noch da?«

Der Rabbi sagte eine Zeit lang nichts. Während sie weitergingen sah er ein Mädchen, das am Wegrand im Matsch spielte.

»Sieh dir das Kind an«, sagte er. »Du behauptest doch, Seife mache die Leute sauber. Aber schau auf den Schmutz, der dem Mädchen anhaftet. Mit all der Seife, die es auf der ganzen Welt in irgendeiner Form seit Jahrtausenden gibt, ist das Kind doch rundherum dreckig. Da frage ich mich doch, wozu soll Seife eigentlich gut sein?«

»Aber Rabbi«, protestierte der Seifenmacher, »Seife kann nichts Gutes tun, wenn man sie nicht benutzt.«

»Genau«, sagte der Rabbi, »ganz genau!«

IV. Von Hoffnung und Gelassenheit

Andauernde Belastung

Pflänzchen brauchen Wasser, um gedeihen zu können. In warmen, trockenen Gegenden reicht es nicht aus, gelegentlich zu gießen; die Saat muss ständig bewässert werden. So ging ein Bauer nach der Aussaat jeden Tag zum Brunnen und zog Wasser herauf. Das goss er in einen Eimer, den schleppte er zum Feld und füllte das Wasser in die Bewässerungsrinnen. Da aber der Eimer sehr alt und löchrig war, kam er immer nur mit der halben Wassermenge beim Feld an, die andere Hälfte hatte er unterwegs bereits verloren. Unverdrossen trug er Tag für Tag und viele Stunden lang das Wasser mit dem löchrigen Eimer zu seinen Feldern.

Ein Freund, der hinzugekommen war und den Bauern in seiner Mühsal das Wasser schleppen sah, rief: »He, der Eimer ist undicht. Du verlierst ja die Hälfte!«

»Das sehe ich selber«, erwiderte der Bauer. »Ich bin ja nicht blind.«

»Dann repariere den Eimer doch. Oder kaufe dir endlich einen neuen!«

»Lass mich in Ruh!«, murrte der Bauer. »Dazu habe ich keine Zeit. Ich muss schließlich Wasser schleppen.«

Ganz einfach

Der Meister begegnete einem Mann, der ein missmutiges Gesicht machte.
»Na du, was ist mit dir?«, sprach ihn der Meister freundlich lächelnd an. »Du machst ein Gesicht, als sei dir die Petersilie verhagelt.«
»Was soll schon sein?«, brummte der Mann. »Meine Frau hat sich ein Kleid gekauft, gleich noch ein Paar Schuhe dazu, und meines Erachtens stehen ihr die Sachen überhaupt nicht. Aber ich muss es mir jetzt dauernd angucken. Die Jungs treten seit Stunden den Ball gegen die Mauer, ich muss mir das Wumm, Wumm, Wumm anhören, wenn ich kein großes Geschrei haben will. Aber du hast es gut. Deine Gelassenheit möchte ich haben.«
»Das ist ganz einfach«, lächelte der Meister. »Du musst deine Liebe wachsen lassen.«
»Ich liebe meine Frau ja und meine Jungs auch«, verteidigte sich der Mann. »Was hat denn Liebe mit Geschmack und Lärmbelästigung zu tun?«
»Und wenn deine Liebe groß genug ist«, fuhr der Meister fort, »dann musst du lernen zu akzeptieren. Wenn du aus Liebe akzeptieren kannst, dann bist du gelassen.«

Nicht streiten

Gemächlichen Schritts gingen der Meister und ein Schüler ihres Weges, als hinter einem Busch ein großer Mann hervorsprang. Er schien dem Meister aufgelauert zu haben; denn mit wutverzerrter Miene sprang er auf ihn zu, versetze ihm einen Hieb, sodass der Meister zu Boden sank. Der Attentäter machte sich eilends davon.

Der entsetzte Schüler war einen Augenblick wie erstarrt, dann half er dem Meister, sich zu erheben. Der klopfte sich den Staub aus den Kleidern und schritt voran, ohne sich nur einmal nach dem Angreifer umzusehen.

»Meister, wer war denn der Kerl?«, rief der Schüler voller Empörung. »Warum hat er dich angegriffen?«

Der Meister blieb stehen, lächelte seinen Schüler an und sagte: »Was fragst du mich? Das ist doch sein Problem!«

Kein Widerspruch

Zum Meister kam ein Reporter, der ihm ein Mikrofon entgegen hielt und sagte: »Bitte, Meister, verrate unseren Hörern das Geheimnis deines langen Lebens.«
Der Meister zögerte einen Augenblick und sagte: »Oh, mein Geheimnis, wenn es denn eines ist, liegt darin, dass ich niemandem widerspreche.«
Der Reporter runzelte die Stirne.
»Aber das kann doch nicht das ganze Geheimnis des langen Lebens sein!«
»Da hast du recht«, lächelte der Meister, »das ganze Geheimnis kann das nicht sein.«

Selbstvergessen

Ein buddhistischer Mönch hatte sich etwas zuschulden kommen lassen. Ein Scherge wurde ausgeschickt, der ihn gefangen nehmen und vor den Richter bringen sollte.
Der Scherge war so zerstreut wie gewissenhaft und darum murmelte er ständig vor sich hin: »Da ist mein Bündel mit dem Essen. Da ist der Halsblock. Da ist der Befehl des Richters. Da ist der Mönch. Da bin ich. Da ist das Bündel mit dem Essen. Da ist der Halsblock …«
Bald war der Mönch ergriffen und gefangen genommen worden. Natürlich fiel es dem Mönch auf, dass der Scherge andauernd vor sich hin murmelte. Und er hörte genau zu.
Da der Weg zum Richter recht lang und beschwerlich war, lud der Mönch seinen Bewacher unterwegs in ein Wirtshaus ein. Er gab sich verständnisvoll und gesellig und machte bei munterem Geplauder den Schergen mit Wein so betrunken, dass er einschlief. Rasch schor der Mönch dem Bewacher den Kopf, legte ihm den Halsblock um und lief davon.
Als der Scherge aus seiner Trunkenheit erwachte, fiel ihm nach und nach sein Verslein wieder ein. Noch ganz benommen tastet er nach dem Bündel. »Da ist

das Bündel«. Er berührte den Halsblock. »Da ist der Halsblock. Hier ist der Befehl des Richters«, murmelte er, als er das Papier berührte. Er sah sich um und rief: »Wo ist der Mönch?« Vor Schrecken hatte er die Arme hoch gerissen und dabei seinen kahlen Kopf gefühlt. »Ah, da ist der Mönch! Alles ist da.« Und schrie kurz drauf entsetzt: »Und wo bin ich?«

Prioritäten erkennen

Ein Mann hatte großen Hunger. In der Stadt fand er keine Nahrung. Der Hunger quälte ihn so, dass der Mann in die Wüste lief. Auch hier fand er kein Brot. In seiner Verzweifelung schrie er zu Gott: »Warum schickst du mir kein Brot? Gibt es denn noch einen, der hungriger ist als ich?«
Die Antwort Gottes kam unerwartet, denn ein ausgemergelter Wolf sprang dem Hungrigen an die Kehle. Da flehte der Mann: »Herr, lasse mich nicht so unwürdig sterben. Du hast mir den geschickt, der noch hungriger ist als ich. Ohne Brot hast du meinen Hunger genommen. Jetzt bin ich satter als alle anderen. Nie wieder will ich dich um Brot bitten. Nur noch um das Leben!«
Da ließ der Wolf ab von ihm und verschwand im Dunst der Wüste.

Aus welchen Augen man schaut

Es war einmal eine dunkle Höhle. Die war tief unter der Erde vor jedem Blick versteckt. Ja, sie war so tief in der Erde, dass niemals ein Lichtstrahl sie auch nur ein wenig erleuchtet hatte. Da die Höhle nie ein Licht kennengelernt hatte, bedeutete ihr das Wort auch gar nichts. Sie konnte sich ›Licht‹ einfach nicht vorstellen.
Eines Tages schickte die Sonne der Höhle eine Einladung. Sie lud die Höhle ein, nach oben zu kommen und sie zu besuchen.
Die Höhle freute sich sehr über diese ungewöhnliche Einladung. Sie begab sich nach oben und war erst geblendet, dann erstaunt und entzückt, denn niemals zuvor hatte sie Helligkeit und Licht erblickt. So ein großes Wunder erleben zu dürfen, begeisterte sie außerordentlich.
Erfüllt von Freude und Dankbarkeit darüber, dass die Einladung der Sonne ihr eine solch überwältigende Erfahrung geschenkt hatte, wollte die Höhle sich mit einer Gegeneinladung an die Sonne erkenntlich zeigen. Sie lud die Sonne zu sich ein, denn die Sonne hatte noch niemals Dunkelheit gesehen.
Eines Tages machte die Sonne sich auf zu einem Besuch unter der Erde. Die Höhle begrüßte sie herzlich und bat die Sonne, doch hereinzukommen. Die

Sonne trat ein und sah sich interessiert in der Höhle um. Sie war neugierig darauf, die Dunkelheit endlich kennenzulernen. Sie konnte sie nicht entdecken und verwirrt fragte sie die Höhle: »Wo ist sie, die Dunkelheit?«

Dringend nötig

Den Inhaber des Unternehmens plagte die Sorge, welcher seiner beiden Söhnen sein Nachfolger werden solle. Er selber führte die Firma bereits in der vierten Generation und er wünschte seinem Hause eine gute Zukunft. Der alte Patriarch grübelte. Seine Kinder hätten unterschiedlicher nicht sein können.

Der erste Sohn war voller Temperament, liebte schnelle Autos und schnelle Entscheidungen, schnelle Sportarten und schnelles Geld. Er wollte das Unternehmen an die Börse bringen, mit der Übernahme geeigneter Konkurrenten weiter wachsen, die Rendite und den Gewinn rascher vermehren.

Der jüngere Sohn war in der Kindheit oft krank gewesen und hatte sich zu einem klugen und nachdenklichen Menschen entwickelt. Statt schneller Autos liebte er sein altes Segelboot, las alles, was ihn interessierte und spielte leidenschaftlich gerne Saxophon. Er schrieb oft sogar Briefe mit dem Füllfederhalter an Menschen, die er mochte.

Dem Vater widerstrebte es, das Unternehmen einfach dem Erstgeborenen zu überschreiben, wie es in früheren Zeiten selbstverständlich gewesen war. Auch war er davon überzeugt, dass eine Teilung der Verantwortung zu Streit zwischen den Brüdern und zur

Schwächung des Unternehmens führen könnte. Er musste eine Entscheidung herbeiführen, zu der jeder seiner Söhne mit gleichen Mitteln beitragen konnte. Er hoffte so zu einem eindeutigen und überzeugenden Ergebnis zu kommen.

Er rief seine Söhne zu sich und erklärte ihnen: »Hier ist für jeden von euch ein Umschlag, in dem jeweils dreitausend Euro stecken. Drüben auf dem Werksgelände stehen die beiden alten Fertigungshallen, bereits ausgeräumt, weil am Montag die Renovierungsarbeiten beginnen. Jeder hat einen Tag Zeit, nur vermittels dieses Geldes seine Halle so gut zu füllen, wie er kann. Sagt mir Bescheid, wenn ihr mit euren Bemühungen fertig seid.«

»Weißt du, was Vater vor hat?«, fragte der zweite Sohn den älteren Bruder.

»Mir hat er keine Andeutungen gemacht, aber er wird wohl seinen Grund haben. Nehmen wir's sportlich. Bis morgen Abend also. Dann wissen wir mehr.«

Am Nachmittag des nächsten Tages rief der Älteste von seiner Halle aus den Vater an. »Du kannst kommen. Ich bin so weit.«

In gespannter Erwartung und Begleitung zweier Direktoren sowie des Firmenanwalts betrat der Vater die Werkhalle. Und die Herren staunten nicht schlecht: Übermannshoch und in der Mitte noch turmhoch gestapelt füllten Strohballen die Halle.

»Die Halle in kurzer Zeit so gut wie möglich zu füllen, war die Aufgabe; womit hast du ja nicht gesagt. Und mehr Material für dreitausend Euro gibt's wohl nicht«, erklärte stolz der älteste Sohn.
»Nicht schlecht, mein Lieber!«, sagte der Vater und die anderen Herren nickten dazu. »Aber sehen wir erst einmal, was dein Bruder zustande gebracht hat, bevor wir zu einer Entscheidung kommen.«
»Falls es um deine Nachfolge gehen sollte, wie ich vermute, dann kannst du sie mir gleich übertragen, Vater. Denn drüben hat sich den ganzen Tag über nichts getan. Da ist es stockdunkel.«
Und wirklich, die Halle sah ganz verlassen aus. Groß war die innere Anspannung des Vaters, als er die Türe öffnete – und zusammen mit seinen Begleitern die dunkle Halle betrat. Sie waren verwirrt, denn der große Raum schien vollkommen leer zu sein.
Dann flackerten plötzlich drei Kerzen auf – und warmes Licht erfüllte die Halle bis in den letzten Winkel.
»Mit Licht hast du die Halle gefüllt und hast kaum zwei Euro investiert. Ja, Licht statt Stroh, das ist es, was wir brauchen«, sagte der alte Patriarch und ernannte seinen Jüngsten zu seinem Nachfolger.

Ein letzter Wunsch

Der Kalif war davon überzeugt, dass Reichtum und Macht zusammengehören und ein Herrscher von beidem nie genug haben könne. Darum erhob er Abgaben, aus diesem Grund führte er Kriege und ließ seine Widersacher vertreiben. Da für ihn und seine Familie nur das Beste gut genug war, hatte er den Meister mit der Unterweisung seines Sohnes beauftragt.

Eines Tages erkrankte das Kind, das Fieber stieg immer höher, und alle fürchteten um das Leben des Thronfolgers. Und die Hofärzte fürchteten um ihr Leben, wenn sie den Sohn nicht zu retten vermochten.

Nur der Meister blieb ruhig. Er sagte, dass die aufgeregten Ärzte dem Kranken nicht gut täten, und er selber das Kind pflegen werde. Tag und Nacht saß der Meister am Bett des Kranken, flößte ihm heilende Tees ein, hielt seine Hand und sprach beruhigend auf ihn ein. Wenn ihn das Fieber quälte, befeuchtete er ihm Stirn und Lippen und bewachte seine Träume.

Der Kalif war in diesen kritischen Tagen sehr beunruhigt, musste er doch erkennen, dass Macht, Reichtum und selbst die Androhung der Todesstrafe nicht das Leben seines Kindes zu retten vermochten. Doch nach sieben Tages ließ das Fieber nach und die aufopfernde Geduld des Meisters half dem Sohn zur weiteren Genesung.

Von der Sorge und der Angst um das Leben seines Kindes befreit, ließ der Kalif den Meister zu sich rufen.

»Ich bin sehr erleichtert und dankbar, dass es dir gelang, meinen Sohn zu retten«, sprach der Herrscher. »Ich möchte mich dir dankbar erweisen, und ich bin gerne bereit, dir jeden Wunsch zu erfüllen. Sage, was du begehrst, und ich werde es dir geben.«

»Ich weiß deine Großherzigkeit zu schätzen«, antwortete der Meister, aber auch du kannst meinen größten Wunsch nicht erfüllen.«

»Das kann gar nicht sein, mein Lieber«, entgegnete der Kalif, »Gold und Edelsteine, Kleider aus Seide, edle Pferde, einen Palast und Reichtum ohne Ende schenke ich dir, du musst es nur sagen. Ich mache dich sogar zum Fürsten, wenn du es wünschst.«

»Nein, an all dem liegt mir nichts«, sagte der Meister. »Mein größter Wunsch ist es, nichts zu begehren.«

Teuer erkauft

Ein Mann kam zur Klause des Meisters. Er machte den Eindruck, als käme er von weither gewandert. Ein Schüler fragte ihn, was er wolle.

»Ich will den Meister besuchen«, antwortete der Fremde.

»So, in diesem staubigen Sack, der dich bekleidet, willst du dem Meister vor die Augen treten?«, machte sich der Schüler frech über ihn lustig. »Wie viel hast du für deine Lumpen denn bezahlt?«

»Nun ja«, sagte der Fremde, »ich erstand sie für die Summe der Welt. Mir wurde bereits das Jenseits dafür geboten. Aber den Handel habe ich abgelehnt.«

Beschämt verneigte sich der Schüler.

Tonart

In einem entlegenen Dorf lebte ein alter Mann, der seit seiner Jugend das Cello spielte. Alle Stücke, die für sein Instrument komponiert worden waren, und die waren damals noch nicht so zahlreich, wusste er in Vollendung zu spielen. Doch wenn er sich jetzt im hohen Alter ans Cello setzte, spielte er nur noch einen einzigen Ton – den jedoch so wunderbar und ergreifend, wie man nie zuvor einen Ton gehört hatte.

Eines Tages wurde bekannt, dass in der Kreisstadt von einem Tournee-Orchester ein Konzert aufgeführt werden sollte. Eine gute Gelegenheit für die Frau des Cello-Meisters, wieder andere Klänge zu hören, als nur den einen Ton. Erwartungsvoll reiste sie zu dem Konzert und nach ihrer Rückkehr berichtete sie ihrem Mann: »Das war ein sehr großes Orchester mit mehreren Cello-Spielern. Deren Hände gingen andauernd rauf und runter, und sie spielten ganz viele verschiedene Töne, nicht so wie du immer nur einen einzigen.«

»Ja«, sagte der alte Cello-Meister, »sie suchen den Ton«.

V. Trittsteine zur Erleuchtung

Der gute Grund

Unter den frommen Juden galt Ben Abuja als Unruhestifter und Ketzer. Auch die Besonnenen, die mit schneller Kritik zurückhaltender waren, mochten ihn nicht immer verteidigen, denn weder Gebote noch Regeln hatten bei Ben Abuja einen besonderen Stellenwert. Er war eben ein Querkopf und Quertreiber.
Als die Gemeindemitglieder zum Gebet in die Synagoge gingen, saß er draußen auf den Treppenstufen und lachte sie aus.
»Du hast es gerade nötig, uns auch noch zu verhöhnen«, schimpften sie. »Du elender Sünder solltest Gott besser um Erbarmen mit deiner ungläubigen Seele bitten!«
»Gottes Gerechtigkeit, wenn ich das schon höre! Hat sie einer von euch, die ihr doch so fromm seid, schon mal erfahren? Ihr Tugendhaften und Frömmler seid doch nur deswegen Sklaven der Gebote, weil euch Vergebung und das Paradies versprochen wird.«
Da erscholl plötzlich eine Stimme vom Himmel, die sagte: »Allen Menschen sind ihre Sünden vergeben, nur dem Ben Abuja nicht!«
Voller Furcht hatten sich die Gläubigen zu Boden geworfen. Nur Rabbi Akiba war ergriffen stehen geblieben; er erhob seine Hände und rief: »Heil sei dir, Ben

Abuja. Alle Menschen dienen Gott um des himmlischen Lohnes willen. Du aber darfst dienen aus Liebe.«

Entscheidende Fragen

Heute ist ein großer Tag. Drei Jahre lang hatte der Schüler meditiert, heute hat der Meister ihn rufen lassen. Ausgerechnet heute regnet es in Strömen. Der Schüler spannt den Schirm auf und läuft los. Dicke Tropfen trommeln auf den Schirm. In Gedanken wiederholt er seine wichtigsten Fragen zu Erleuchtung und Vollendung, auf die ihm der Meister die ersehnten weisen Antworten geben wird. Im Eilschritt umrundet er die Pfützen und erreicht bald die Tür zur Klause des Meisters. Auch wenn er sich um Gelassenheit bemüht, ist der Schüler gespannt darauf, welches tiefe Wissen der Meister ihm mitteilen wird.

»Hast du auf dem Weg hierher einen Schirm benutzt?«, fragt der Meister.

»Ja sicher, es regnet doch so heftig«, antwortet der Schüler.

»Wo hast du den Schirm abgelegt?«

»Draußen vor der Tür.«

»Und wie hast du ihn abgelegt?«

Der Schüler schaut den Meister irritiert und fragend an.

»Ich frage dich, wie du den Schirm abgelegt hast: mit der Spitze nach vorne oder nach links oder nach hinten oder nach rechts?«

Der Schüler ist fassungslos, dass ihm nach drei Jahren der Versenkung Fragen von solcher Banalität gestellt werden.

»Ich weiß es nicht«, murmelt er, »ich habe nur an unser wichtiges Gespräch gedacht.«

»Dann gehe nun und meditiere nochmals drei Jahre lang«, sagt der Meister. »Ich glaube, danach wirst du es wissen.«

Ein machtvolles Wort

An die Tür zur Klause des Meisters klopfte ein Mann, der sichtlich müde und erschöpft war. Seine Kleidung und sein Bündel waren grau vom Staub der Straße und seine Sandalen sahen arg mitgenommen aus. Der Meister bat den Fremden herein und schenkte ihm ein Glas Wasser ein.
»Du hast sicher einen weiten Weg hinter dir. Was führt dich zu mir ?«
»Ich habe viele Jahre meditiert und die heiligen Bücher studiert. Was ich suchte, habe ich bisher nicht gefunden. Dann berichtete mir ein Gast in unserem Kloster, dass du derjenige bist, der mich lehren kann, was ich wissen möchte«, sagte der Fremde.
»Und was soll das sein, was du zu wissen begehrst?«, fragte der Meister.
»Ich möchte, dass du mich den Verborgenen Namen Gottes lehrst!«
»Nun, wie der Name schon sagt: Dieser Name Gottes ist deswegen verborgen, weil man bestimmte Voraussetzungen erlangt haben muss, um ihn wissen zu dürfen«, erklärte der Meister. »Bist du denn dafür schon geeignet und bereit?«
»Wie sollte ich nicht geeignet sein? Immerhin hat mich nichts davon abbringen können, zu dir zu kom-

men. Wochenlang war ich unterwegs, habe Kälte und Hitze auf mich genommen, habe Hunger und Durst ertragen, bin hunderte Kilometer gewandert – das zeigt doch wohl deutlich, wie bereit ich bin, den Verborgenen Namen Gottes zu erfahren.«

»Du berichtest mir von großen Mühen des Körpers und von zäher Entschlossenheit. Viel wichtiger ist die Frage, wie es um deinen Geist, um deine Seele, bestellt ist. Ich habe eine kleine Aufgabe für dich, die du mühelos bewältigen wirst. Wenn du dich ein wenig ausgeruht hast, gehe zum Stadttor. Setze dich dorthin und beobachte, was geschieht. Wenn das Tor abends geschlossen wird, komme hierher zurück und berichte möglichst genau, was du gesehen hast.«

Am Nachmittag setzte sich der fremde Gast in den Schatten eines Baumes beim Stadttor und beobachtete aufmerksam, was sich dort ereignete. »Ich habe es bis hierher geschafft, dann soll mich diese leichte Aufgabe auch nicht mehr verdrießen«, dachte er bei sich. »Wenn ich nur wüsste, was ich hier soll. Aber gut, ich werde genau aufpassen und ihm alles erzählen.«

Als die Sonne unterging und das Stadttor geschlossen worden war, kehrte er zur Klause des Meisters zurück.

»Ich bin gespannt zu hören, was du mir zu berichten weißt«, sagte der Meister.

»Ich habe das Stadttor nicht aus den Augen gelassen und alles Geschehen genau beobachtet. In der Regel ging es so zu, wie es bei Stadttoren überall üblich ist: Leute gingen in die Stadt hinein oder hinaus. Fuhrwerke kamen und gingen. Manchmal machte der Torwächter Stichproben oder ließ sich Papiere zeigen. Einer, der mit einem Wagen voller Fässer in die Stadt wollte, musste dem Wächter einen Krug voll abzapfen. Eine Sache jedoch hat mich richtig entsetzt, nämlich als ein alter Mann in Begleitung eines Maultiers, das beidseitig mit Feuerholzsäcken behangen war und ein großes Bündel Holz auf dem Rücken trug, die Stadt betreten wollte. Mit herrischer Geste stoppte der Wächter den Mann und sein Maultier. Hochmütig durchwühlte der Wächter die Holzsäcke. Dabei beschimpfte er den Alten mit groben Flüchen. Der Wächter behauptete, dass er aus irgendeinem Grund das Holz beschlagnahmen müsse. Er befahl, dem Esel die Säcke und das Bündel abzunehmen und sie in die Wachstube zu bringen. Der alte Mann tat, wozu er sich gezwungen sah, ohne ein Wort zu verlieren. Als er mit seinem Esel weggehen wollte, versetzte der Wärter dem Alten noch einen Tritt und schimpfte hinter ihm her. Ich muss gestehen, da wollte ich nicht mehr nur Beobachter sein, da wäre ich am liebsten dazwischengefahren.«

Der Meister hatte aufmerksam zugehört. Am Ende

des Berichtes fragte er seinen Gast: »Wenn du den Verborgenen Namen Gottes, der große Macht verleiht, bereits gekannt hättest, was hättest du in der Situation dann getan?«

»Ich hätte den alten Mann unverzüglich gerächt, so dass der Wächter es zeitlebens nicht mehr gewagt hätte, jemanden zu schikanieren!«, rief der Gast in heiligem Zorn.

»So beweist du mir, dass du nicht geeignet bist, den Verborgenen Namen Gottes zu empfangen«, sagte der Meister mit leiser Stimme. »Es war jener alte Mann, den du rächen wolltest, der mich den Höchsten Namen lehrte. Und er, der ihn weiß, hat ihn nicht eingesetzt, um sich zu schützen, ganz zu schweigen davon, sich zu rächen. Gehe zurück und denke nach.«

Das fromme Dach

Während einer Reise fand der Meister für die Nacht Unterkunft bei einem strenggläubigen Mitglied der Gemeinde. Das Dach des gastlichen Hauses knackte und knarrte jedoch in allen Fugen. Der fromme Hausherr wusste die Verwunderung in der Miene seines Gastes wohl zu deuten, wenngleich der aus Anstand nichts gesagt hatte. So erklärte der Hausbesitzer: »Keine Angst. Unter diesem Dach kannst du ruhig schlafen. Es knackt nur laut zum Lobe Gottes.« Der Meister entgegnete: »So ein frommes Dach ist natürlich hoch zu loben. Möge es nicht gerade in dieser Nacht so gottgefällig sein wollen, dass es sich vor Gott sogar niederwirft.«

Ich will Erleuchtung

»Meister, ich bin von weit her gekommen, habe keine Mühen gescheut, habe alle Widerstände und Hindernisse überwunden, nur um dein Schüler zu werden.«
»Warum willst du mein Schüler werden? Was versprichst du dir davon? Vom Lesen heiliger Schriften und täglicher Meditation wirst du nicht reich werden.«
»Geld interessiert mich nicht. Ich will Erleuchtung erlangen, und ich bin bereit, dafür alles zu tun«, erklärte mit Nachdruck der junge Mann.
»Erleuchtung erlangt man nicht einfach durch Erlernen. Manch einer meditiert viele Jahre lang und findet sie nie. Wenn du diesen Weg gehen willst, wirst du Dinge tun müssen, die du nicht tun willst. Dinge, die du zu tun wünscht, werden dir zu tun nicht erlaubt sein. Denn was zwischen dir und der Erleuchtung steht, das ist das Wollen.«

Das Eine in der Vielfalt

»Was die Wahrheit ist, wollt ihr wissen?«, fragte der Meister. »Auch ich kann sie nicht in ein Wort fassen. In den frühen Zeiten, als die Welt noch einfach und überschaubar war, so erzählt man in den alten Schriften, ist die Wahrheit ein großer, kristallklarer Spiegel gewesen. Doch Gott erzürnte so sehr über die Sünden der Menschen, dass der Spiegel zersprang und seine Splitter auf die Erde fielen. Jeder Mensch hob eine Scherbe auf. Und als er in den Splitter sah, erblickte er sich selber. Seither glaubt jeder Mensch, im Besitz der ganzen Wahrheit zu sein. Daran hat sich bis heute nichts geändert.«

»Dann kann der Mensch die ganze Wahrheit gar nicht erkennen?«

»Nimmt das Wasser nicht immer die Farbe des Gefäßes an, das es enthält?«, antwortete der Meister. »Welche Farbe hat das Wasser?«

Ich kenne die Worte

Ein großes Jubiläum war zu feiern: Seit sechshundert Jahren wurde in dieser herrlichen Kirche der Gottesdienst gefeiert und die Gemeinde hatte für den Jubiläumsabend zu einer großen Festveranstaltung eingeladen. Alle waren willkommen, nicht nur die Mitglieder der Gemeinde. Der Pfarrer, der ein guter und großherziger Mann war, hatte die Menschen eingeladen, ihre Freude miteinander zu teilen. Ein kleines Orchester spielte, Reden wurden gehalten und nachdem der offizielle Teil vorüber war, begann das Unterhaltungsprogramm. Ein Sohn der Stadt, der ein berühmter Fernsehstar geworden war, hatte sich bereiterklärt, die Gäste durch einen kurzweiligen Abend zu führen.

Natürlich waren auch viele Gäste gekommen, um den berühmten Star zu erleben und zu hören, was er erzählen würde. Wie erstaunt waren sie, als der Fernsehstar nach munterer Ansage und ein paar Scherzen die Stimme senkte, einige Sekunden innehielt, bis auch das Publikum ruhig wurde und leise, wie im Gebet, die Worte des 23. Psalms sprach: »Der Herr ist mein Hirte …«

Die Gäste waren erst verwundert, solche Worte von einem Mann des Showgeschäfts zu hören, aber je länger sie zuhörten, desto stiller und andächtiger wurden sie. Kaum hatte der Star den beliebten Psalm beendet, da bedankten sie sich mit stürmischem Applaus. Der war noch nicht ganz verebbt, als der berühmte Moderator des Abends den Pfarrer zu sich auf die Bühne bat und ankündigte, jetzt werde der Pfarrer den Psalm sprechen. Erst wehrte der Pfarrer ab. Er habe keine so schöne Stimme, er sei auch kein Entertainer. Aber es half nichts. Der Pfarrer musste auf die Bühne. Er trat ans Mikrofon. Er schloss seine Augen. Seine Worte stiegen auf und erfüllten den Saal. Der Pfarrer vergaß, wo er war und wer er war. Er gab nur wieder, was sein Herz und seine Seele fühlten, während er den Psalm sprach. Die Gäste waren wie versunken. Die letzten Worte waren verklungen und Stille erfüllte den Saal, einige Sekunden lang. Und nach dieser heiligen Stille brachen großer Applaus und Jubel aus. Der Pfarrer ging zu seinem Platz zurück. Der Moderator übernahm wieder das Mikrofon und sagte: »Ihr habt den Unterschied gemerkt? Ich kenne den Psalm. Er aber kennt den Hirten.«

Nichts zu verschenken

Der Meister hat über die Kunst des Loslassens gesprochen. Zur Verdeutlichung erzählt er seinen Schülern: »Ein Kaufmann war als freigiebig und großherzig bekannt. An diesem Morgen hatte er kaum seinen Laden geöffnet, da kam ein Asket zu ihm und bat um eine milde Gabe. Der Kaufmann war aber unwillig und abgelenkt, da er an dem Tage große Sorgen hatte. Mit den Worten: ›Ich habe heute nichts zu vergeben!«, wies er den Asketen unwirsch ab.
›Wenn du so ans Weltliche gebunden bist‹ , sagte der Asket, ›wirst du dich noch weigern, Gott deine Seele zu geben.‹
›Ja, gerade so wie du!‹, höhnte der Händler.
Da legte der Asket seinen Wanderstock auf den Boden und streckte sich neben ihm aus. Er öffnete seine Hände und sprach: ›Herr, in deine Hände empfehle ich meine Seele.‹ Er schloss die Augen und starb.
Bestürzt schloss der Händler seinen Laden, verschenkte allen seinen Besitz und widmete sein restliches Leben dem Einswerden mit Gott.